Masako Togawa

Le Passe-Partout

roman

Traduit du japonais
par Sophie Refle

DENOËL

Tōjō Katsuko	première gardienne
Tamura Kaneko	deuxième gardienne
Yatabe Suwa (*rez-de-chaussée*)	la professeure de violon
Munakata Toyoko (*premier étage*)	la femme au manuscrit
Ishiyama Noriko (*deuxième étage*)	« Madame Algues »
Kimura Yoneko (*troisième étage*)	la femme aux lettres
Ueda Chikako (*quatrième étage*)	l'ancienne institutrice

PROLOGUE

1er avril 1951 : Au carrefour d'Ōtsuka Nakamachi

Ce matin-là, le sol était couvert d'une fine couche de neige, inhabituelle à cette saison.

Grâce au soleil qui brillait entre les nuages, elle fondit avant midi, et la gaieté du printemps revint.

À midi pile, malgré le feu rouge, une femme s'élança pour traverser le carrefour d'Ōtsuka. La tête couverte d'une écharpe, rouge elle aussi, elle portait un épais manteau d'hiver et un fuseau de ski noir, alors que les passants commençaient à transpirer sous le soleil vif…

Elle avait parcouru un tiers de l'avenue lorsque surgit de la direction du temple Gokokuji un petit camion roulant à vive allure, chargé de caisses de clous. Le jeune chauffeur sifflotait, cette neige imprévue lui rappelait les joues rouges des filles de son village. Il appuya sur l'accélérateur pour arriver en haut de la côte. Le feu était vert pour lui, il voulait en profiter. Juste avant le carrefour, il aperçut du coin de l'œil une femme avec une écharpe rouge qui lui rappela encore les joues des filles de sa terre natale. Est-ce pour cette raison que les pneus de son véhicule glissèrent sur les rails du tramway ? Impossible de le savoir. Mais lorsque le conducteur novice donna un coup de frein, son camion avait déjà dérapé : comme guidé par la main du destin, il fonçait droit sur la femme. La dernière chose qu'il vit avant de fermer les yeux fut son expression ébahie alors qu'elle était projetée contre son pare-brise.

Trois minutes plus tard, une ambulance blanche quittait la caserne de pompiers d'Ōtsuka, à cent mètres du lieu de l'accident. Il fallut trois autres minutes pour transporter la victime jusqu'à l'annexe de l'hôpital de l'université T. En route, elle avait remué trois fois les lèvres pour dire quelques mots que personne ne comprit. À son arrivée, elle était morte.

« Malgré le rouge à lèvres, c'est un homme », annonça d'une voix enrouée mais indifférente le médecin en blouse blanche qui venait de constater le décès.

Les rires que ne purent retenir les personnes présentes firent disparaître la triste réalité de la mort d'un être humain et l'horreur de cet accident fatal.

Le jeune conducteur qui avait été l'agent du destin reçut un châtiment absurde. Le choc avait été tel pour lui qu'il ne put jamais refermer la bouche. Les seules paroles qui en sortaient, accompagnées d'un filet de salive, étaient : « L'écharpe rouge… »

Pendant quelque temps, la police, qui avait fort à faire, attendit que la famille de la victime – un homme d'une trentaine d'années, habillé en femme, identité inconnue – se manifeste.

Pendant quelque temps, les journalistes amateurs montrèrent aux travestis du quartier d'Ueno la photo du cadavre.

Pendant quelque temps, les médecins et les infirmières de l'hôpital plaisantèrent à propos de cet accident pendant leur pause-café.

Puis on oublia cet homme étrange vêtu en fille qui avait perdu la vie au carrefour d'Ōtsuka.

Mais, quelque part, une femme attendait son retour dans une pièce sombre.

Au quatrième étage d'un bâtiment sinistre, à deux arrêts de tramway de ce carrefour…

Elle attend l'homme qu'elle avait accompagné jusqu'à la porte et qui l'avait quittée, tête basse, vêtu de son fuseau de ski et son manteau, les cheveux cachés par son écharpe rouge, sans se retourner une seule fois…

C'était il y a sept ans, et elle l'attend toujours.

Elle habite à la résidence K pour femmes.

1

Les trois indices

Le témoin – trois jours avant l'accident du carrefour

Avant même d'arriver au premier étage, l'homme trébucha plusieurs fois dans l'escalier. Sa valise, qu'il tenait de la main droite, lui paraissait de plus en plus lourde, et il dut la poser sur le palier du deuxième pour changer de bras. Il maudit son bagage en cuir sans se préoccuper du contenu. Il était trop tendu pour y songer. Son seul désir était d'en finir au plus vite. L'envie de tout abandonner lui avait souvent traversé l'esprit ces dernières heures, mais il s'était rendu compte avec effroi et désespoir que c'était impossible. Du reste, renoncer maintenant ne changerait rien.

Il essuya du dos de sa main la sueur qui lui ruisselait sur le front et se couvrit de nouveau soigneusement la tête de l'écharpe rouge. Le suave parfum féminin qui en émanait agit sur lui comme une douce chaleur. Il reprit le bagage avec une énergie nouvelle et recommença à gravir les marches en luttant contre la charge qui faisait trembler ses genoux. Des voix et des bruits de pas montaient parfois jusqu'à lui. Il accéléra le pas sans s'arrêter jusqu'au quatrième. Il s'assura alors que le couloir était vide et poussa la porte d'un logement.

« La gardienne ne t'a rien dit ? demanda en fixant son fardeau la femme qui l'attendait.

— Elle lisait le journal, elle ne m'a pas accordé un regard », répondit l'homme.

La valise, laissée sur la petite marche de l'entrée, glissa et tomba avec un bruit sourd.

« Tu pourrais quand même faire attention ! » s'écria la femme.

Il voulut lui expliquer que ses mains étaient moites et la valise très lourde, mais il se contenta de marmonner dans sa barbe que ça ne changeait rien à rien. La femme traîna le bagage jusqu'au milieu de la pièce.

« Le pauvre, il faut le sortir de là... Le pauvre... », l'entendit-il dire, allongé de tout son long sur les tatamis.

Le fermoir s'ouvrit avec un bruit sec, révélant le contenu de la valise. Un enfant recroquevillé, enveloppé dans une épaisse couverture, paraissait dormir paisiblement. Ses cheveux noirs et souples brillaient avec un éclat doré dans la lumière.

« Mon pauvre petit, c'est fini, on te sort de là ! Bravo d'être resté sage si longtemps ! » lui dit-elle avec douceur.

Ce n'est que lorsqu'elle le prit dans ses bras qu'elle remarqua son bâillon, un mouchoir blanc taché de noir par des traces de sang séché.

« Il est mort, hein ? lâcha-t-elle d'une voix blanche.

— Je n'ai pas eu le choix. C'était la seule chose à faire », répondit l'homme en se redressant.

Le silence s'installa et ils restèrent longtemps assis l'un en face de l'autre, l'enfant entre eux.

*

Dix heures plus tard, l'homme redescendit avec la valise. Cette fois, la femme le précédait, pour s'assurer que l'escalier et les couloirs éclairés par des ampoules nues étaient déserts. Soucieux de ne pas faire de bruit, ils mirent longtemps pour arriver dans la cave où se trouvait la grande salle de bains commune, que personne n'utilisait plus depuis des années. L'homme illumina de sa lampe de poche des pelles et des pioches, des sacs de ciment troués, des bassines en bois pleines d'une eau croupissante, et du carrelage empilé dans un coin. La dernière chose qui apparut dans le faisceau lumineux était un trou d'un mètre carré, au fond de la grande baignoire. Il l'observa longtemps. Comme l'avait dit la femme, ce trou était idéal pour enterrer la valise.

Il lui tendit la lampe de poche avant de commencer à casser à la pelle le ciment dur comme de la pierre de l'un des sacs. Les morceaux s'entassaient sur le sol. Puis il dut faire de nombreuses allées et venues jusqu'au robinet, un petit seau de métal à la main. La conduite d'eau tremblait avec un bruit effrayant. Bientôt, le ciment eut la bonne consistance. La femme ouvrit la valise. La tête de l'enfant, cachée par la couverture, était complètement invisible. La femme prit la pelle, remplit la valise de ciment, puis la referma.

« On lui a fait un beau cercueil, déclara-t-elle posément, les deux mains sur le couvercle.

— Avec ça, le corps échappera peut-être à la putréfaction », répondit-il tout bas.

La sueur qui ruisselait sur son front coulait dans ses yeux et l'aveuglait, mais il leur fallait encore porter la valise dans le trou de la baignoire. Elle lui essuya le visage de son mouchoir et ils unirent leurs forces pour soulever le bagage terriblement alourdi. Il dut briser à la pioche les petits morceaux de pierre qui gênaient, frémissant à cause du bruit sourd que le geste produisait. Une fois la valise dans le trou, l'homme se pencha vers la baignoire, les genoux tremblants.

« Il nous reste à combler le trou », lui rappela-t-elle.

Ils le firent ensemble, avec leurs mains qui prirent une couleur rouge vif. Puis ils masquèrent le trou du carrelage.

L'intensité de ce long effort à la lumière de la lampe de poche était telle qu'ils ne se rendirent absolument pas compte que quelqu'un les observait dans l'obscurité.

Le registre

Lorsque la résidence K pour femmes avait ouvert, il existait un règlement destiné aux jeunes résidentes, mais elles avaient vieilli et il était aujourd'hui obsolète. Quelques règles restaient cependant en vigueur, dont l'interdiction absolue d'héberger un visiteur du sexe opposé. Si on recevait une femme, il suffisait en revanche d'en informer la loge.

La plupart des résidentes, demeurées célibataires, menaient une vie solitaire. Depuis la fin de la guerre, il était rare qu'elles accueillent une visiteuse pour la nuit.

Personne ne s'inquiéta donc lorsque Ueda Chikako, qui habitait le studio 502, signala à la loge qu'elle recevrait une parente pendant trois nuits, du 29 mars au 1er avril 1951.

Cette parente fut identifiée comme Aoki Yasuko, âgée de trente ans, sans profession.

Quand la police s'intéressa plus tard à cette cousine et qu'elle interrogea les deux gardiennes de la résidence, elle n'obtint que de vagues réponses : personne ne semblait avoir gardé de souvenirs précis de cette femme.

Après avoir déclaré qu'elle pensait que c'était elle qui était de service la première fois qu'Ueda Chikako était venue avec sa cousine, Tōjō Katsuko déclara : « Je suis à peu près sûre que Mme Ueda a d'abord dit que sa cousine resterait deux semaines. C'est elle qui a rempli le registre des visites, bien sûr. Sa cousine l'attendait devant la loge, mais je ne me souviens pas que nous nous soyons saluées. Ses vêtements ? Je crois qu'elle était vêtue comme une provinciale, d'ailleurs Mme Ueda m'a dit qu'elle venait du "pays de neige". Je me rappelle qu'elle avait une écharpe rouge sur la tête. Le lendemain, Mme Ueda est revenue seule compléter le registre. C'est une simple formalité, la personne hébergée n'a pas à le faire elle-même. Mais le troisième jour, Mme Ueda n'est pas revenue noter son nom. Je n'ai plus vu sa cousine de tout son séjour ici. Si je sais quand cette cousine est partie ? Il me semble que ma collègue, Mme Tamura, était de service à ce moment-là. Moi, je ne m'en souviens pas. »

Tōjō Katsuko ajouta avec circonspection qu'à cause de sa jambe défaillante, elle avait une canne et passait beaucoup de temps assise dans la loge.

Tamura Kaneko, sa collègue, déclara : « Est-ce que je me rappelle si la cousine de Mme Ueda est arrivée avec une grosse valise ? Je suis désolée, mais depuis quelque temps je perds la mémoire. D'ailleurs, la représentante du troisième au comité d'administration m'a reproché hier d'avoir oublié de lui transmettre un message téléphonique. Alors que je n'avais aucun souvenir d'avoir pris un appel pour elle, c'est vous dire... Si je ne peux même pas me souvenir d'un appel, vous pouvez imaginer à quel point ma mémoire est fiable! Vous m'interrogez sur la cousine de Mme Ueda, c'était il y a sept ans... Je suis vraiment désolée. Il me semble que c'était une femme assez jolie. Avec des joues rondes, et la peau très pâle. Mais c'est vague dans mon esprit. »

La seule chose certaine, c'était que les gardiennes n'avaient jamais imaginé que la cousine de Mme Ueda pouvait être un homme déguisé en femme.

L'article de journal

Ce n'est qu'à la mi-avril 1951 que l'enlèvement de George, quatre ans, fils unique du commandant D. Craft et de son épouse, fut mentionné dans les journaux.

C'était plus de deux semaines après le rapt, qui avait eu lieu le 27 mars. Les parents ne l'avaient pas signalé à la police car ils négociaient directement avec le ravisseur. Le secret avait été préservé, et la presse n'en avait pas dit mot jusque-là.

L'arrangement était très avantageux pour le ravisseur : la rançon serait payée en deux fois, et l'enfant rendu au second versement. C'est du moins ce qu'avait affirmé le commandant; il n'y avait en effet pas eu d'intermédiaire entre le ravisseur et lui. Mais une fois le premier versement de trois cent mille yens déposé à l'endroit convenu (que le commandant D. Craft n'avait jamais révélé), le ravisseur n'avait plus donné de nouvelles. Le commandant avait essayé de reprendre contact en publiant, plusieurs jours durant, des petites annonces dans les quotidiens de la capitale. « Respectez votre promesse et je respecterai la mienne. D. Craft » Le texte avait attiré l'attention d'un journaliste, qui avait fini par enquêter et révéler l'affaire.

Mais, même après ces révélations, le commandant Craft avait obstinément refusé l'intervention de la police.

« Tout ce que je veux c'est qu'on me rende mon fils. Je ne veux pas mêler la police à ça. Moi, je respecte ma promesse, *you* aussi, respectez-la », déclara-t-il dans une interview accompagnée d'une photo de lui et son épouse.

Le commandant donnait l'impression de croire le ravisseur et de vouloir tenir son engagement. L'attitude digne, mais non dépourvue de tristesse, de cet officier américain lui valut la sympathie du public. Elle montrait aussi sans aucune équivoque qu'il pensait que le ravisseur était japonais. Il avait en effet précisé au journaliste qui l'interrogeait que cet homme s'était exprimé en anglais au téléphone mais ne parlait pas bien cette langue. L'annonce n'avait été publiée que dans des journaux de langue japonaise, et jamais dans les quotidiens anglais. D'autre part, l'épouse du commandant Craft était japonaise. Née Kawauchi Ayako, alors âgée de vingt-quatre ans, elle avait travaillé avant son mariage au PX, le magasin réservé aux militaires américains du quartier de Ginza. C'est là qu'elle avait rencontré le commandant D. Craft. De tels mariages étaient alors fréquents.

Malgré la place accordée par les journaux à cette affaire, le ravisseur ne s'était jamais manifesté.

Bientôt, l'intérêt du public s'émoussa, et cette histoire d'enlèvement disparut sans laisser plus de traces que la neige du 1er avril.

Le commandant D. Craft refusa toujours de faire intervenir la police et garda un silence obstiné quant aux circonstances de l'enlèvement. Un an plus tard, il divorça et repartit aux États-Unis. Il est néanmoins troublant que les forces d'occupation aient gardé sur cette affaire un silence absolu.

2

Pendant le déplacement du bâtiment

Monologue de la gardienne Tōjō

Tôt ce matin, j'ai lavé le sol de la loge à l'eau, mais le bureau est déjà si poussiéreux qu'il est un peu rugueux au toucher. Nous sommes envahis par la poussière depuis le début des travaux, et particulièrement aujourd'hui, car il y a beaucoup de vent. Chaque fois que la lourde porte d'entrée s'ouvre, le vestibule aspire la poussière qui flotte dans l'air. J'ai beau arroser le sol de temps en temps, rien n'y fait.

Enfin, demain, le plus gros des travaux sera derrière nous. Et dans trente minutes, le déplacement du bâtiment va commencer : il bougera de quatre mètres, avec nous à l'intérieur ! Depuis trois mois, on creuse pour installer des rails. Maintenant, un tas d'ouvriers vont descendre et utiliser les cinquante vérins hydrauliques nécessaires à la manœuvre. Seule la cave ne bougera pas. La résidence K, en forme de U, compte quatre étages. Cent cinquante logements, qui donnent sur des couloirs sombres. Le grand incinérateur de la cour intérieure a été démoli pour permettre le déplacement du bâtiment.

Une foule de curieux s'est attroupée devant la résidence. Il y a même une équipe de la télévision. Ici règne un calme sinistre. Les résidentes se sont enfermées chez elles et attendent le moment où l'immeuble bougera.

Nous sommes deux gardiennes, mais ma collègue n'est pas de service à cette heure-ci. Elle aussi est dans son logement. Je suis seule à attendre que ça bouge, et je dois dire que je ne suis pas tranquille. Je n'arrête pas de lever les yeux vers la pendule ou de vérifier l'heure à ma montre. Midi moins vingt. Encore vingt minutes à attendre. Contrairement à mon habitude, je n'ai aucune envie de lire. Je ne sais comment tuer le temps. Assise à ma table, désœuvrée, j'ai envie de parler, même toute seule. Et c'est ce que je fais, d'ailleurs. Par exemple, depuis tout à l'heure, je répète à voix haute « Le grand moment est presque arrivé », et je me demande ce qui va se passer. Dans vingt minutes, cette loge où je travaille depuis trente ans, et ce bâtiment en brique de quatre étages que ni le tremblement de terre de 1923 ni les bombardements n'avaient touché, va se déplacer tranquillement. Mais est-ce vraiment cela que nous attendons ? Je n'en suis pas si sûre. Du reste, nous, les résidentes, nous n'allons pas voir ce déplacement.

« Il n'y aura aucun problème. Vous pourrez vaquer tranquillement à vos occupations chez vous. Et vous verrez que nous allons déplacer le bâtiment sans même faire déborder un verre d'eau rempli à ras bord. »

C'est sur un ton de bonimenteur qu'un des chefs de la voirie de Tokyo, ou un responsable d'une société de travaux publics, je ne sais plus, avait fait cette déclaration. Il fallait à tout prix nous persuader d'accepter cette proposition, nous les résidentes qui nous étions opposées à l'idée de laisser détruire les deux premiers étages, c'est-à-dire la moitié de la résidence, pour créer une nouvelle rue. Nous avons été condamnées à attendre cet événement chez nous en retenant notre souffle, comme des marmottes dociles.

L'être humain étant toujours en quête d'une raison d'être, nous avons décidé de voir si vraiment pas une goutte ne déborderait d'un verre d'eau rempli à ras bord. Nous nous sommes laissé manipuler, en bonnes marmottes que nous sommes, exactement comme les prisonniers qui font des marques sur le mur de leur cellule pour s'assurer qu'ils vivent encore et que le temps continue à passer.

Mme Shimoda, du deuxième étage, qui est membre du comité d'administration, a été la première à dire qu'elle ferait l'expérience. C'est normal : elle enseigne la physique. La position des autres résidentes est plus étrange. Passe encore s'il avait été question de se rassembler dans le parloir, mais non : chacune a décidé de rester chez elle. C'est parfaitement ridicule. C'est cependant bien dans l'esprit de cette résidence, conçue pour permettre aux femmes de vivre seules, sans faire de compromis, en étant indépendantes. Voilà pourquoi, depuis une heure, elles sont toutes chez elles à attendre le moment fatidique, dans un calme funèbre qui contraste avec l'animation extérieure. Le seul être vivant visible, c'est le chat de Mme Iyota, que sa maîtresse a mis à la porte. Il dort sur la rampe de l'escalier qui ne profite guère du soleil.

Personnellement, cette idée d'expérience me semble naïve, voire idiote. Mais, en tant que gardienne, je me dois d'être attentive à la psychologie des résidentes. Mon devoir est de me conformer à la majorité, j'ai donc placé sur mon bureau un verre rempli d'eau à ras bord.

En observant la surface de l'eau, semblable à une membrane vivante, j'ai d'abord pensé au concept de tension superficielle, appris au lycée. Puis je me suis demandé comment la poussière était arrivée en haut du verre. Enfin, j'ai réfléchi à cet enthousiasme des habitantes pour l'expérience. Je crois qu'il est lié à une prédiction. Ces femmes pensent que le déplacement de la résidence va révéler les péchés du passé. Elles ont peur. Se concentrer sur leur verre leur permet de se distraire de leur angoisse.

Depuis environ six mois, un nouveau culte nommé Sanreikyō, ou « la Foi des trois esprits » s'est répandu dans la résidence. Son fondateur est un homme d'une cinquantaine d'années à l'allure suspecte, les cheveux gominés, toujours accompagné d'une naine habillée en *miko*, desservante shinto. Son kimono blanc et son tablier rouge lui valaient ce surnom de *miko*. Au début, seules quelques personnes leur accordaient de l'attention, mais après quelques mois, la nouvelle religion comptait de plus en plus de fidèles. Certaines prédictions s'étaient réalisées. Il y avait eu des miracles. Bien sûr, des femmes continuent à douter, mais une majorité est désormais sous influence. Quand je dis une majorité, je parle des résidentes qui passent la journée chez elles, autrement dit les plus âgées, celles qui ne travaillent plus. J'ai l'impression que cela intéresse moins celles qui sont encore actives.

Mais toutes les habitantes sont inquiètes, à des degrés divers. Parce que le passe-partout, la clé réservée aux gardiennes de la résidence K, qui permet d'ouvrir les cent cinquante logements, a été volé il y a deux mois. En réalité, depuis six mois, les habitantes sont en proie à la crainte. Après tout, ces femmes qui vivent seules depuis si longtemps ont leurs secrets, et maintenant n'importe qui peut entrer chez elles.

Quant à moi, je peux sans doute paraître originale. J'ai passé presque toute ma vie à travailler ici comme gardienne. Je ne vais jamais au cinéma, à cause de ma mauvaise jambe, mais depuis l'enfance, je lis beaucoup, et je sais qu'il existe bien des manières de mener sa vie. Je m'intéresse à mon époque, je lis attentivement les journaux. La plupart des résidentes ont eu des existences riches mais, l'âge venant, elles ont tendance à se replier sur elles-mêmes et à vivre dans le passé.

Quand j'observe l'escalier silencieux depuis ma loge, il m'arrive de frissonner à cette idée : dans la journée, une fois les femmes actives parties, ne restent ici que des femmes mélancoliques, qui n'ont plus aucun but dans la vie et qui savent qu'elles finiront leurs jours ici, enfermées entre quatre murs. Parfois je crois entendre un gémissement sourd dans l'entrée caverneuse de la résidence, les soupirs des vieilles du deuxième ou du quatrième étage à la vie si morne, obnubilées par leurs rêves de jeunesse perdue qui se sont propagés aux couloirs avant de ruisseler dans l'escalier. Leurs secrets sont leur seule fierté, la seule richesse de leur existence, et ce qui les maintient en vie. Je pense que cette stupide expérience du verre d'eau manifeste leur désir de protéger ces secrets.

Depuis le guichet, je vois ce qui se passe dehors, de l'autre côté du lourd portail qui me coupe du monde extérieur. Les badauds attroupés sur la place, indifférents à la poussière qui s'élève du sol, se bousculent. Espèrent-ils, semblables à des enfants qui ont remonté le ressort de leur jouet, que le bâtiment va se mettre à bouger ? Ou s'intéressent-ils au trou qui apparaîtra ? S'attendent-ils à ce que quelque chose soit mis au jour, comme dans une fouille archéologique ? Apercevront-ils les fantômes de ce bâtiment en briques rouges érigé il y a un demi-siècle ? Quels sont les secrets de cette résidence conçue par un jeune étranger pour libérer les femmes japonaises, ce foyer pour jeunes filles célibataires qui suscitait des regards curieux, envieux, cet immeuble vieilli avec ses occupantes devenues des femmes desséchées ?

À quoi pense cette jeune mère qui se tient là, la bouche ouverte, son bébé sur le dos, son panier à provisions au bras ? S'accorde-t-elle une seconde de répit dans un quotidien trop rempli, une vie qui s'écoule trop vite ? Ou bien rêve-t-elle de voir le bâtiment s'écrouler à l'instant où il sera déplacé, alors qu'il n'y a qu'une chance sur un million que cela se produise ?

Pendant que je mène cet absurde monologue intérieur (une habitude née à force d'être assise seule dans la loge, qui se manifeste plutôt quand je suis de bonne humeur), l'heure avance. Il est midi moins cinq. Un jeune homme agite la main énergiquement à l'intérieur du véhicule de la télévision. Le chef de chantier, casque sur la tête, qui marche toujours en canard, va lui dire quelque chose et revient en courant de mon côté. Il ouvre le portail, sans doute pour venir à la loge. Je me demande ce qu'il veut. Il tourne vers moi son visage bronzé couvert de sueur.

« Je peux emprunter votre téléphone ? Le déplacement est retardé d'une demi-heure. Parce que les gens de la télé ont expliqué à nos chefs qu'ils tiennent à filmer ce moment historique. Mais ils ne seront prêts que dans une demi-heure. Ils ne pensent qu'à eux, ceux-là ! Ils s'en fichent pas mal, des ouvriers accrochés aux vérins ! »

Il est tellement en colère qu'il n'arrive pas à composer le numéro. La sirène de midi résonne. Comme les vérins doivent fonctionner à midi pile, les résidentes doivent toutes avoir les yeux fixés sur leur verre. Que c'est bête ! À moi aussi, ce retard déplaît. Les gens dehors ont l'air déçu. J'entends des pas dans l'escalier. C'est Kimura Yoneko, du troisième. Elle fait une drôle de tête. Elle ne vient pas dans l'entrée mais continue vers la cave. Puis Yamamura Michiyo du quatrième arrive en faisant claquer ses semelles sur les marches. Elle semble bouleversée.

« L'eau du verre a débordé ! Je viens de passer devant chez Mme Ueda au quatrième, sa porte était ouverte, et j'ai vu que le verre s'était renversé chez elle. Je ne sais pas ce qui lui est arrivé mais elle était allongée sur sa table basse… »

Avant qu'elle ait fini de parler, Kimura Yoneko remonte de la cave.

« Excusez-moi, mais c'est d'une extrême importance. Je dois vous demander d'ouvrir la porte de l'ancienne salle de bains ! » me crie-t-elle.

Ensuite, elle se met à expliquer quelque chose au chef de chantier.

« Comment ça, casser à la pioche ? Vous n'y arriverez pas toute seule. On va s'en occuper. Casser du béton, c'est pas facile », lui répond-il d'une voix forte.

Je me lève pour savoir ce qu'il se passe. Le retard de trente minutes a tout mis sens dessus dessous. Je sors de la loge avec une telle précipitation que j'en oublie ma canne.

3

Six mois avant le déplacement du bâtiment

La gardienne Tamura Kaneko joue son rôle

Tamura Kaneko, l'autre gardienne de la résidence K, donnait l'image d'une personne gentille, d'un abord facile. Elle passait son temps à lire des journaux ou des magazines, ou à tricoter lentement, avec de grosses aiguilles. Contrairement à la plupart des gardiens, elle n'épiait pas les allées et venues de ses résidentes. Cette femme vieillissante préférait s'accorder de petits sommes discrets, qui lui rappelaient ses siestes de lycéenne, notamment pendant les cours des professeurs les plus antipathiques. Ce plaisir lui valait des insomnies, mais il l'éloignait de la réalité de cette loge triste et ennuyeuse.

Ce jour-là, assise à sa loge depuis 15 heures, la gardienne Tamura avait posé sur le bureau une brochure intitulée « Les Lignes de la main », que quelqu'un avait oubliée. À force de comparer sa main à la ligne du destin citée, la somnolence l'avait gagnée, aidée par la chaleur de la couverture qui enveloppait ses jambes et la chaufferette qu'elle avait dans sa poche. Des silhouettes passaient parfois devant le guichet.

Elle faisait alors grincer sa chaise ou tournait une page de la brochure : cela, elle savait le faire dans un demi-sommeil, pour montrer qu'elle était éveillée et tromper les regards.

Quelque chose sur la ligne du destin lui restait en tête, alors même qu'elle n'était plus tout à fait éveillée. Parmi les différents exemples de la brochure, elle se souvenait particulièrement d'un personnage historique célèbre : la ligne de son destin était épaisse et montait tout droit jusque sous le majeur. Elle la revoyait sans cesse, et cela l'empêchait de somnoler tranquillement. Elle finit par s'assoupir, mais la persistance de cette image lui amena un cauchemar.

Dans son dernier songe apparut Munakata Toyoko, sa camarade de classe au lycée, qui occupait un logement au premier étage. Elle semblait lui déclarer : « Combien de temps encore vas-tu continuer à exercer ce métier dégradant ? Tu es la honte de notre lycée ! Je te le dis ! »

Tamura Kaneko ne nourrissait pas d'animosité envers son ancienne camarade de classe. Elle ne lui enviait pas spécialement sa vie actuelle, mais elle se sentait inférieure à elle. Déjà, au lycée, Munakata Toyoko faisait peu de cas de Kaneko. Leur relation s'était encore dégradée lorsque la gardienne avait emménagé dans la résidence K, six ans plus tôt.

Ce jour-là, Tamura Kaneko somnolait paisiblement derrière le guichet. Munakata Toyoko, qu'elle ne voyait qu'une ou deux fois l'an, à l'occasion de réunions d'anciennes élèves, s'était soudain manifestée, de l'autre côté de la petite vitre.

« Quelle surprise ! Depuis quand travailles-tu ici ? L'autre jour, à la réunion des anciennes, tu avais dit que tu cultivais des roses chez ta fille, non ? »

Telles étaient les paroles qu'elle lui avait adressées, sans cacher son plaisir de la voir rougir de stupeur.

Tamura Kaneko avait alors ressenti une humiliation profonde, mais avec le temps ce sentiment s'était atténué, et les railleries de son ancienne camarade ne la gênaient plus.

Dans le cauchemar qu'elle venait de faire, Munakata Toyoko portait l'uniforme de leur lycée et ses épaisses lunettes de myope. C'était un jour d'examen, et la gardienne entendait les crayons de ses camarades crisser sur le papier, alors qu'elle était incapable de se servir du sien. Sa feuille restait désespérément vierge. Elle voulait écrire quelque chose mais ne comprenait même pas les questions. Quand elle finit par se résoudre à jeter un coup d'œil sur le pupitre de sa voisine, elle se rendit compte qu'il s'agissait de Toyoko, qui cachait sa copie des deux mains. Elle la supplia de la lui montrer. Soudain, elle réalisa qu'il n'y avait plus qu'elles dans la salle.

Elle fut saisie d'angoisse et de désespoir.

Au moment où elle allait hurler sa frustration, elle s'éveilla, un filet de salive dégoulinant de sa bouche. La chaufferette dans sa poche avait glissé sous son aisselle. Tout en s'essuyant le front de ses doigts moites, elle jeta un coup d'œil dans le couloir. Elle avait peur d'avoir vraiment crié. Heureusement, elle ne vit personne et n'entendit que la mélodie d'un musicien ambulant au loin.

Elle s'appuya au dossier de sa chaise, en essayant de se débarrasser de la mauvaise impression que lui avait laissée son rêve. Le portail venait de s'ouvrir, une des habitantes arrivait. Elle sortit alors son tricot d'une corbeille sous la table et commença à compter les mailles sans réussir à retrouver son calme. Il lui semblait entendre encore la voix de Toyoko dans la loge.

De temps en temps, elle reposait son ouvrage. Les coudes sur le bureau, elle se demandait pourquoi le hasard avait voulu qu'une camarade de lycée qu'elle avait à peine vue durant des décennies habite soudain au même endroit qu'elle. Elle ne savait pas contre qui diriger sa colère pour maudire ce caprice du sort. De surcroît, la réunion annuelle des anciennes approchait. Elle n'y était pas allée une seule fois depuis l'emménagement de Toyoko dans la résidence K, mais l'avait vue s'y rendre, parée de ses plus beaux atours. Jamais Munakata Toyoko ne l'avait invitée à l'accompagner. Je ne suis même plus libre d'aller à nos réunions, et de me faire plaisir en racontant de petits mensonges sans conséquence, alors que c'était ma seule distraction de l'année ! pensa-t-elle avec ressentiment. Elle en était là dans sa réflexion lorsque la porte d'entrée s'ouvrit et qu'un jeune homme en costume s'approcha du guichet.

« Mme le professeur Munakata est-elle chez elle ? Je travaille à l'université S, je voudrais la voir », dit-il.

Surprise d'entendre le nom de celle à qui elle pensait, la gardienne Tamura eut un instant d'égarement, d'autant plus que personne n'était venu voir sa rivale depuis six mois.

Elle scruta le visage du visiteur avant de se lever d'un bond pour le guider, soudain consciente de ses devoirs. Elle ouvrit le tiroir du bureau et prit le brassard destiné aux visiteurs masculins.

« Je vous prie de bien vouloir le glisser à votre bras. »

Le jeune homme lui adressa un sourire aimable et s'exécuta avec l'enthousiasme d'un patient face à une seringue.

« Comment avancent les recherches de Mme le professeur Munakata ? »

Cette question irrita la gardienne Tamura : elle n'en savait rien. Elle ne voulait pas non plus utiliser le terme de « professeur » à propos de son ancienne camarade de classe. Cela ne l'empêcha pas de commenter.

« Elle travaille dur, vous savez ! Chaque fois que je passe devant sa porte, elle est à son bureau. Et elle est très sensible à la qualité de l'air. Je le sais parce que, de temps en temps, elle vient se plaindre de la poignée de sa fenêtre qui fonctionne mal et exiger qu'on la répare. Mais ça ne sert à rien, car elle s'esquinte de nouveau aussitôt. Parfois, la porte de son studio est ouverte, parce que la professeure a peur de manquer d'oxygène. Elle ne quitte pas son bureau. Toutes les résidentes le savent et admirent sa persévérance. Bon, n'oubliez pas de me rapporter le brassard quand vous partez ! Parce qu'il y a des visiteurs qui s'en vont avec ! »

Ses remarques l'avaient distraite, tandis qu'elle montait l'escalier, si bien qu'elle était presque indifférente à la grande boîte de gâteaux que le visiteur avait à la main.

Par la porte entrouverte, elle aperçut sa rivale, assise comme toujours à sa table de travail.

« Désolée de vous déranger, vous avez de la visite », dit-elle après avoir frappé à la porte.

Munakata Toyoko ne répondit pas. Elle paraissait absorbée par ce qu'elle écrivait. Plus d'une minute s'écoula avant qu'elle ne tourne la tête.

« Qui est-ce ?

— C'est l'université S qui m'envoie…

— Entrez ! » répondit-elle au jeune homme en costume, sans un regard pour la gardienne Tamura.

Il ferma la porte derrière lui. La gardienne se sentit à nouveau humiliée. En redescendant l'escalier, elle s'arrêta plusieurs fois pour examiner sa paume. Elle n'y voyait que sa ligne du destin, coupée en deux : une caractéristique de la pauvreté.

*

« Cela faisait bien longtemps... Je suis venu chercher le manuscrit », annonça le visiteur en s'inclinant poliment devant Munakata Toyoko.

Sans se lever, elle l'invita à prendre place sur un coussin de cuir déchiré. L'imposant bureau de son défunt mari, qui prenait presque toute la place, était couvert de papiers et de stylos.

Comme elle se taisait, le visiteur s'assit et leva les yeux vers elle.

« Vous vous donnez tant de peine pour transcrire les écrits laissés par votre mari... Nous qui avons été ses élèves aimerions tellement pouvoir vous assister dans cette tâche...

— Vous savez bien que je suis la seule à pouvoir le faire, répondit Toyoko en faisant grincer sa chaise tournante.

— Oui, bien sûr, s'empressa-t-il d'ajouter.

— Personne d'autre n'est capable de déchiffrer son écriture. » Elle s'interrompit, leva les yeux au plafond, et continua d'un ton pénétré. « Après notre mariage, j'ai consacré ma vie à remettre au propre ses manuscrits. C'est pour cela que nous avons renoncé à fonder une famille. »

Le récit de ce sacrifice, qu'il connaissait pourtant pour l'avoir souvent entendu, émut à nouveau le visiteur et renforça sa détermination à publier le plus rapidement possible cette œuvre posthume.

« Toutes les étapes préliminaires à la publication sont terminées. Il ne nous manque plus que votre manuscrit. Nous serions très heureux si vous pouviez me confier aujourd'hui ce que vous avez. »

La chaise grinça à nouveau. Toyoko s'était retournée vers son bureau et montrait à son visiteur le dos obstinément courbé de la vieillesse.

« Comme je vous l'ai dit tant de fois au téléphone, je ne vous donnerai pas une page tant que je n'aurai pas tout terminé ! Vous le savez parfaitement », déclara-t-elle sèchement.

Puis elle se figea, fermée comme une huître. Le visiteur perçut dans sa posture la résolution inébranlable à laquelle s'étaient heurtés tous ceux que l'université S avait envoyés. Lui aussi devrait renoncer et repartir les mains vides. Il sortit de sa poche une enveloppe, qu'il tendit avec toute l'humilité dont il était capable.

« Je vous prie de pardonner mon insolence, mais nous serions heureux si cela pouvait vous servir », dit-il.

Munakata Toyoko ne réagit pas.

Le visiteur n'insista pas et la quitta après lui avoir adressé les formules d'usage. Avant de s'engager dans l'escalier, il jeta un dernier regard vers le logement de la veuve. Pourquoi refusait-elle aussi résolument de leur confier ce manuscrit ? S'imaginait-elle qu'il avait une quelconque valeur financière ? Avait-elle reçu d'autres propositions ? Non, c'était impossible. Ce manuscrit n'avait aucune valeur commerciale. Les autres élèves du professeur et lui avaient rassemblé des fonds pour garder une trace des efforts de leur maître pendant la guerre. Il sourit de ses propres doutes et enleva le brassard en dévalant l'escalier.

Munakata Toyoko, quant à elle, avait ouvert le carton de gâteaux japonais et en avait choisi un qu'elle était en train de savourer. Elle vérifia encore une fois le contenu de l'enveloppe, hocha la tête avec satisfaction et revint au bureau où elle nota « sept cent dix » avec l'antique stylo à encre fabriqué en Allemagne qu'elle tenait de sa main droite, où des cals s'étaient formés à force d'écrire. Elle recopia ensuite avec application le reste de la page avec les mêmes caractères que ceux du carnet.

*

La gardienne Tamura venait de s'installer au bureau de la loge pour prendre son service de 15 heures lorsque le téléphone se mit à sonner. Elle leva timidement les yeux vers sa collègue Tōjō, debout à côté d'elle, mais vit son regard indifférent et s'empressa de décrocher.

« Bonjour, ici la résidence pour femmes K. »

Une voix masculine parlait d'un ton monocorde. Elle fut bientôt sur le point de pleurer, comme chaque fois qu'elle était confrontée à quelque chose qu'elle avait du mal à comprendre.

Elle jeta un coup d'œil à sa collègue, remua les lèvres, puis s'écria d'une voix suraiguë :

« Allô ! Restez en ligne, s'il vous plaît ! Qui est à l'appareil ? »

Malgré sa supplication, son interlocuteur raccrocha. Elle garda le combiné à la main, jusqu'à ce qu'elle reprenne ses esprits en entendant la voix de sa collègue.

« Qui était-ce ?

— Euh… Eh bien… »

Elle ne savait que dire. D'ordinaire, elle obéissait à sa collègue qui avait plus d'ancienneté qu'elle, mais cette fois-ci elle hésitait à lui répondre.

« Sans doute une erreur, finit-elle par lâcher d'une voix à peine audible.

— Ah bon… Eh bien, je vous laisse. Bon travail ! »

Sa collègue partit sans chercher à en savoir plus. Le bruit de sa canne résonna encore quelques instants dans le couloir.

La loge était mal éclairée, et il y faisait un peu froid. La gardienne Tamura remua les braises du haut brasero et ouvrit le journal de bord. Peu après, elle se leva et ouvrit l'armoire métallique où était rangée la petite boîte avec le passe-partout. Une feuille collée sur la porte en spécifiait les conditions d'utilisation.

1. *Cette clé ne doit être utilisée qu'en présence d'un tiers.*
2. *Seule une situation d'urgence autorise les gardiennes à l'utiliser.*
3. *Après utilisation, elle doit immédiatement être remise à sa place et en aucun cas ne peut être gardée par-devers soi.*

Perdue dans ses pensées, elle resta quelques instants debout devant l'armoire métallique. Puis elle rentra la tête dans les épaules et retourna s'asseoir au bureau. Le regard grave, elle paraissait réfléchir à quelque chose. L'expression de son visage était très différente de celle qu'elle arborait lorsqu'elle s'apprêtait à sommeiller. Elle songeait à l'appel qu'elle venait de recevoir. Qui pouvait être cet homme? Pourquoi lui avait-il suggéré de se rendre chez Munakata Toyoko en cachette, si elle voulait découvrir le secret de son manuscrit? Il ne fallait pas y penser. Ce ne pouvait être qu'un plaisantin.

Mais l'autre jour, lorsque ce monsieur de l'université était venu chercher le manuscrit, elle avait jeté un coup d'œil à l'intérieur du logement et aperçu les papiers entassés sur l'imposant bureau. Ils contiendraient un secret? Si c'était vrai…

Elle secoua encore une fois la tête et se plongea dans le journal de bord, décidée à oublier l'appel.

Le… , Mme Takebe du premier étage a passé trois appels interurbains (Kiryū)
Paiement du gaz :
rez-de-chaussée : effectué
premier : effectué
troisième : effectué
quatrième : effectué

- *Demander à la responsable du comité d'administration du deuxième de solliciter le paiement.*
- *Crotte de chat sur le palier du premier : rappeler à l'ordre les résidentes qui en ont un.*

Les caractères dansaient sous ses yeux sans faire sens. Elle prit le boulier pour additionner les sommes des reçus du gaz, mais le total auquel elle parvenait n'était jamais le même.

L'appel continuait à lui trotter dans la tête et l'empêchait de se concentrer. Si j'utilise le passe-partout pendant une de ses absences, personne ne s'en apercevra, non ? se disait-elle. Un jour, Munakata Toyoko sortirait pendant son service. Alors elle hésiterait, elle irait à l'armoire, reviendrait, puis elle finirait par prendre le passe-partout. Cette perspective ne faisait naître aucune culpabilité. Bien au contraire, elle sentait monter en elle quelque chose qui donnait pour la première fois un sens à son existence.

Son excitation effaça l'impression furtive qu'elle était manipulée et qu'on jouait avec ses sentiments vis-à-vis de Munakata Toyoko pour lui tendre un piège.

*

La gardienne Tamura gravissait l'escalier, une marche après l'autre, attentive au moindre bruit. Elle frémit en arrivant au palier du premier, car elle avait entendu des pas plus haut, mais par chance ils s'arrêtèrent au deuxième et disparurent dans le couloir de gauche. Rassurée, elle inspira profondément en serrant plus fermement le passe-partout dans la poche de son tablier.

Il aurait été très fâcheux d'être vue par une résidente. Elle priait le ciel de faire en sorte qu'elle ne croise personne jusqu'à ce qu'elle pénètre dans le studio de Munakata Toyoko. Excitée par sa propre audace, elle avait les mains moites.

Sa rivale était sortie tôt ce matin-là. Et une demi-heure auparavant, elle avait appelé la loge par l'interurbain.

« Les discussions avec l'éditeur se prolongent, je ne pense pas être de retour avant 22 heures. Dites au laitier que je n'ai pas besoin de lait ce soir », avait-elle déclaré de son habituel ton péremptoire.

La gardienne Tamura avait pris cette déclaration comme une invitation à utiliser le passe-partout. Une telle occasion ne se reproduirait peut-être pas, s'était-elle dit en jetant à la dérobée un coup d'œil à sa collègue, craignant que ses intentions ne soient lisibles sur son visage.

« C'était Mme Munakata, qui disait qu'elle ne prendrait pas de lait ce soir.

— Ça alors… C'est du jamais vu. Elle compte passer la nuit dehors ?

— Non, mais elle rentrera tard. Après 22 heures, à cause des discussions avec l'éditeur, m'a-t-elle précisé.

— Quelle nouvelle ! La publication est peut-être pour bientôt. C'est merveilleux ! »

Sans regarder sa collègue, la gardienne Tamura se jeta à l'eau.

« J'avais oublié, mais demain j'ai des parents de passage à Tokyo… Vous croyez que je pourrai m'absenter ? Pour compenser, je peux travailler toute la journée aujourd'hui. »

Sa collègue accepta aussitôt.

« Pourquoi pas ? Si vous êtes prête à rester ici jusqu'au soir… J'en profiterai pour prendre mon temps aux bains ! répondit-elle avant de quitter la loge.

Je vais pouvoir utiliser tranquillement le passe-partout, puisque je suis seule, pensa la gardienne Tamura. Son mensonge improvisé était passé comme une lettre à la poste, et sa collègue allait sortir pour aller aux bains publics. C'était son jour de chance.

Elle prit le passe-partout dans l'armoire métallique et décrocha le téléphone pour qu'il ne sonne pas. Puis elle sortit de la loge, qu'elle ferma à clé, et gravit précautionneusement l'escalier. Elle était dans un état second. Elle arriva au palier du premier comme poussée par une force qui la dépassait.

Elle s'approcha de la porte de Munakata Toyoko à pas de loup, attentive au moindre bruit. En voyant la plaque à l'élégante graphie où était gravé le nom de sa rivale, elle eut un frisson, et jeta encore un coup d'œil alentour. Elle voulait faire vite mais le passe-partout se refusait à entrer dans la serrure. Enfin la clé tourna, dans un bruit qui lui parut effrayant. La porte s'entrebâilla. Une trace de parfum mêlée à un relent d'humidité s'échappa, ravivant sa curiosité.

La gardienne Tamura se glissa dans la minuscule entrée, referma la porte derrière elle et la verrouilla. Elle chassa le sentiment de culpabilité qu'elle éprouvait en clignant vigoureusement des yeux et ouvrit le rideau qui séparait la pièce en deux.

Le studio n'était pas bien rangé. Un lourd bureau en chêne trônait au milieu de meubles fatigués. Des piles de livres, qui montaient presque jusqu'au plafond, recouvraient la commode et les autres surfaces, et la gardienne se sentit écrasée par ces publications en langues étrangères et ces ouvrages abîmés.

Un univers où tu n'as pas ta place. Ici vit une grande intellectuelle. Quelqu'un de limité comme toi n'a rien à faire ici, pensa-t-elle.

Elle se déchaussa et étudia la pièce des yeux avec l'impression que les objets la narguaient.

Ils lui rappelaient le sentiment d'infériorité qu'avait fait naître en elle, au lycée, la gracieuse et intelligente Munakata Toyoko. Tous ces meubles et ces livres ont absorbé ses belles et jeunes années. Quel genre d'homme était son mari ? Quel bonheur ils ont dû connaître ! se disait-elle. Mais sa curiosité effrénée triompha du sentiment de culpabilité qui affleurait à nouveau.

Elle s'approcha sans bruit du bureau et posa les deux mains sur sa surface froide et dure, qui lui parut transmettre la rigueur du monde de la recherche.

Le désordre y régnait. Il y avait dans un coin des repose-pinceaux à l'ancienne, couverts de poussière, et ailleurs des crayons et des porte-plume, ainsi qu'un encrier débouché. À côté d'une page à moitié couverte de signes, des piles de feuillets, dont un tas d'une vingtaine de centimètres où figurait le caractère « achevé ». Un gros presse-papiers en marbre était posé dessus. Elle le souleva des deux mains et le déplaça doucement. Puis elle commença à tourner les pages de la pile, en veillant à en respecter l'ordre.

« Titre : À propos de la formation des épicycloïdes n'utilisant pas le concept de limite », lut-elle.

Des caractères aux formes anguleuses remplissaient la moitié de la page, le reste étant obscurci par des formules associant signes et chiffres. Elle tourna une deuxième page, puis une troisième, en les étudiant attentivement. Au bout d'une trentaine, elle remarqua un phénomène étrange. L'écriture était de plus en plus désordonnée. Ou plutôt, ce qui apparaissait alors n'était plus des caractères, mais des cercles, des triangles ou des carrés qui semblaient dépourvus de sens, répandus sur la page comme pour former un code ou des formules. Il y avait aussi de minuscules traits jetés au hasard, rendant les mots illisibles.

Cinquante pages de charabia… Sur la gauche de la dernière page, de son élégante écriture, Toyoko avait ajouté « Notes de mon mari à Sakai, où nous avons été évacués ».

La gardienne Tamura ne s'était pas aperçue que ses mains tremblaient. Les idées se bousculaient dans son esprit, et elle commençait à se demander si l'époux de sa rivale n'avait pas perdu la tête.

Le deuxième manuscrit, tout entier écrit de la main de Toyoko, était la copie fidèle du premier, reproduisant le désordre dans ses moindres détails.

La gardienne tourna plus vite les pages. Elle regarda les autres manuscrits : leur contenu était conforme à l'original, les mêmes formules s'y alignaient. Les efforts qu'avait exigés ce travail insensé faisaient naître chez elle un malaise qu'elle ne s'expliquait pas. Elle frissonna plusieurs fois et revit le pâle visage aux traits fins de Toyoko.

La voix monocorde qu'elle avait entendue au bout du fil lui revint.

Elle remit les manuscrits dans l'ordre où elle les avait trouvés et replaça le presse-papiers dessus. Son trouble était bien plus grand que lorsqu'elle était entrée. Ce n'est qu'en se retournant une dernière fois avant de quitter la pièce qu'elle se rendit compte qu'un des porte-plume enfoncés dans l'encrier s'était accroché à sa manche et que de l'encre avait coulé sur la feuille qui n'était pas terminée.

Elle fit le tour de la pièce avec un sentiment de désespoir. « Que faire ? Cette feuille tachée prouve que quelqu'un est venu ici ! Mais rien n'indique que c'est moi… N'importe qui peut entrer ici avec le passe-partout. Je n'aurai qu'à dire qu'il a été volé. Il faut que je m'en débarrasse. Je serai coupable de négligence, mais au moins personne ne saura pourquoi je l'ai utilisé », pensa-t-elle.

Les visages des résidentes défilèrent dans son cerveau paniqué. Celles qui ne travaillaient pas et passaient leurs journées chez elles, celles qui étaient vues par les autres à travers certains prismes… Oui, l'important était de se débarrasser de cette clé comme elle se serait débarrassée du valet de pique en jouant au pouilleux.

Elle sortit du logement, ferma la porte à clé et monta l'escalier, perdue dans ses pensées. Elle s'arrêta sur le palier du deuxième pour écouter, puis enleva ses chaussures. Arrivée devant la porte 305, elle s'arrêta et colla l'oreille. Aucun bruit. Elle essaya de faire tourner la poignée mais la porte ne s'ouvrit pas.

Elle enfonça le passe-partout avec son étiquette attachée par un ruban rouge dans la serrure aussi vite qu'elle le put.

La fatigue l'envahit, accompagnée d'un sentiment de soulagement, comme si elle venait de poser une lourde charge. Elle se pencha en avant et remit ses chaussures.

Maintenant qu'elle avait vu ces pitoyables manuscrits, son envie et ses complexes d'infériorité vis-à-vis de Munakata Toyoko s'étaient évanouis, mais l'idée qu'elle connaissait son secret ne lui apportait aucune joie. Au contraire, elle avait l'impression que les liens qui l'unissaient à sa camarade de lycée s'étaient rompus et qu'elle avait été projetée dans un monde obscur et dépourvu de sens. Elle aurait préféré ne rien savoir, se dit-elle en repensant avec colère à cet inconnu qui l'avait appelée. Que cherchait-il ? Comment s'était-il introduit chez Munakata Toyoko ? Que savait-il de ses sentiments vis-à-vis de Toyoko pour l'avoir manipulée ainsi ? Soudain, elle eut peur. Cet homme avait tout manigancé. Il la terrifiait. Un instant, sa vision s'obscurcit, et elle se remit en marche dans le couloir sans chercher à dissimuler le bruit de ses pas, tête basse, en se demandant qui l'avait précédée dans le logement de Toyoko.

4

Quatre mois avant le déplacement du bâtiment

Le cas d'Ishiyama Noriko

Vers 2 heures du matin, une grande et une petite ombre se faisaient face dans la cuisine commune du deuxième étage. Au bout de quelques secondes, la grande chassa la petite d'un *pschitt* sonore. La petite sauta d'un bond sur le bord de la fenêtre, la queue levée, après avoir émis un miaulement désapprobateur. La grande se mit à fouiller le bidon d'huile vide placé sous l'évier, qui servait de poubelle. Chaque fois qu'elle trouvait des arêtes ou des entrailles de poisson, elle les déposait dans une marmite en terre. Enfin, elle quitta sans bruit la cuisine.

Cette silhouette éclairée par l'ampoule du couloir était celle d'Ishiyama Noriko, que ses cheveux d'étoupe faisaient ressembler à une mendiante folle. Les autres résidentes l'avaient baptisée « Madame Algues », parce que son unique jupe était en lambeaux. Elle avait été professeur d'arts plastiques dans une école primaire jusqu'à plus de quarante ans, mais elle avait arrêté trois ans auparavant et ne vivait désormais que de l'aide sociale.

Elle portait toujours des chaussures de toile usées, confortables et silencieuses. La nuit, elle rôdait dans les couloirs en quête d'arêtes de poisson : en faisant le tour de toutes les cuisines, du rez-de-chaussée au quatrième et dernier étage, elle en trouverait forcément, pensait-elle.

« Vous avez besoin de calcium. Pour ça, il faut tout manger dans le poisson, de la tête à la queue. Vous m'avez compris ? » avait déclaré le médecin consulté six ans plus tôt, après une chute dans l'escalier à cause de ses bottes en caoutchouc. Des mots devenus pour elle parole d'évangile, et une recommandation qui lui offrait aussi une mission quotidienne : chercher des arêtes de poisson, les laisser mijoter, puis les sucer consciencieusement, sans oublier de manger toutes les têtes.

Elle s'arrêta devant son studio, près du palier, puis y disparut sans regarder ni à droite ni à gauche. À force de se conduire comme un chat chapardeur, elle avait développé une grande sensibilité aux présences autour d'elle, si bien qu'elle n'avait plus besoin de vérifier si elle était seule.

La plaque de sa porte – jadis blanche, même si c'était difficile à croire – indiquait son nom dans une belle graphie qui montrait le talent artistique de l'occupante. Jusqu'à sa chute dans l'escalier, son logement avait été joliment décoré : les étagères et le bureau étaient chargés d'œuvres de ses élèves, boîtes ou poupées, les murs ornés de dessins dans les couleurs claires qu'affectionnent les enfants. Aujourd'hui, il était envahi d'une odeur de poisson insupportable.

Le médecin avait d'abord diagnostiqué une fêlure de l'os iliaque. Puis il avait annoncé qu'elle n'avait rien. Enfin, il avait déclaré qu'il s'agissait d'une névralgie. Elle avait passé un an au repos complet, comme le lui avait ordonné le praticien, et pendant ce temps elle avait perdu sa patience et ses nerfs. Ses souffrances imaginaires étaient devenues réelles et se répétaient chaque jour. C'était désormais l'élément central de sa vie, et elle employait toute son énergie à tenter de leur trouver un nom.

Elle avait vu de nombreux médecins, mais aucun n'avait réussi à identifier la cause de ses problèmes. « Vous n'avez rien, c'est dans votre tête », lui disaient-ils avec un sourire, sans la prendre au sérieux.

Elle avait dû démissionner. Bientôt, l'argent manqua pour aller consulter. Les habitantes de l'immeuble devinrent les seules personnes à qui elle pouvait raconter ses souffrances. Elle expliquait à quiconque voulait l'écouter ses divers problèmes de santé. Au début, elle avait trouvé des oreilles compatissantes, mais cela n'avait pas duré, et les résidentes la traitaient à présent comme quelqu'un qui n'avait plus toute sa tête.

Isolée, elle avait créé son propre univers dans son logement où elle vivait comme une souris. Une souris qui souffre ne peut pas communiquer avec les humains. Elle se fabrique un nid dans un placard, et elle a une activité nocturne. Quand Ishiyama Noriko rôdait la nuit dans les couloirs, elle s'imaginait parfois qu'elle en était une.

La première chose qu'elle fit dans sa nouvelle vie fut de renoncer dans la mesure du possible au confort moderne. Elle avait coupé le gaz chez elle. Elle aurait voulu en faire autant avec l'électricité, mais vivre la nuit sans lumière aucune était difficile : elle n'avait conservé qu'une seule ampoule, de cinq watts, comme celles qu'on laisse allumées toute la nuit dans les toilettes.

Elle avait ainsi réussi à réduire ses factures au strict minimum. Les choses dont elle avait besoin, elle les trouvait presque toutes dans ce que jetaient les autres résidentes. Comme elles étaient nombreuses, il y avait beaucoup à récupérer.

En six ans, son logement s'était rempli d'un tel bric-à-brac que l'on ne pouvait plus y poser le pied. Exactement comme une souris qui rapporte n'importe quoi dans son nid... Elle avait fini par vider son placard pour s'en faire un endroit où dormir, en entassant dans la pièce ce qu'elle y rangeait autrefois.

La nuit, à la faible lumière de l'ampoule, les tas de petits et de grands cartons, les piles de vieux journaux et les montagnes de chiffons projetaient d'étranges ombres sur les murs et le plafond.

Lorsque Ishiyama Noriko rentrait chez elle, dans la pénombre, elle savait où poser le pied sur le sol encombré de vieilles bouteilles et de boîtes de conserve vides, et elle plaçait sa marmite en terre sur le poêle à bois à côté de la fenêtre. Elle l'alimentait de vieux journaux ou de cartons coupés en petits morceaux, ainsi que de bouts de bois qu'elle avait ramassés. Bien nourri, le feu faisait vite monter de la vapeur blanche, dans une vague odeur de bouillon. Aussitôt un bruit de grattement venait de la porte.

« Tu m'embêtes, vilain chat ! Tu ne crois tout de même pas que je vais te donner quelque chose ! » lançait-elle au petit félin derrière la porte avant de verser quelques gouttes de sauce de soja dans la marmite et de saisir des doigts une queue de poisson qu'elle faisait tourner dans l'air. Durant un moment, les seuls bruits dans la pièce étaient celui du papier qui se consumait dans le poêle et le chuintement qu'elle faisait en suçant puis mastiquant les arêtes.

Ce rituel, qui faisait à la fois office de repas et de traitement, durait environ une heure, après quoi elle se levait de la pile de vieux journaux qui lui servait de tabouret et ouvrait la porte du placard où elle entrait en tenant l'ampoule de cinq watts comme un chandelier.

Elle dormait dans la partie basse du placard dont les parois étaient, comme sa literie, couvertes d'une fine couche de poudre blanche : régulièrement, elle projetait de l'insecticide. Elle ne repliait jamais sa couche, mais redoutait les bestioles. Ainsi pensait-elle vivre dans la propreté. Elle avait trois matelas. Celui du dessus était couvert d'un drap déchiré. Il épousait la forme de son corps, particulièrement au milieu. S'y enfouir lui paraissait plaisant. Elle se couvrait d'abord d'une vieille couverture, puis d'une épaisse couette dont les plumes avaient migré vers les bords. Quand le froid était vif, elle chauffait de l'eau sur le poêle pour remplir une bouillotte, ou empilait de vieux journaux sur la couette. C'était bruyant, mais cela tenait chaud.

Elle posa l'ampoule sur une caisse, à côté de son oreiller, ferma la porte du placard et s'assit sur ses trois matelas. Doublement séparée de l'extérieur, elle avait l'impression d'être dans un nid rassurant. Elle prit dans la caisse un coffret à thé et en renversa le contenu : vieilles broches, montres cassées, aimants, morceaux de miroir, ainsi que le passe-partout muni de son étiquette, qu'elle mit de côté. Chaque nuit, depuis une semaine, elle se demandait pourquoi elle l'avait trouvé dans la serrure de sa porte.

Elle inclina la tête, perplexe comme une souris face à un appât empoisonné, et effleura l'objet du doigt avant de le glisser sous son oreiller. Trois jours plus tôt, une affiche annonçant la disparition du passe-partout était apparue sur le tableau d'informations de la loge. Elle était dans une situation inextricable : si elle rapportait le précieux objet, tout le monde penserait qu'elle l'avait volé.

Ishiyama Noriko ne songeait pas encore à la manière dont elle pourrait l'utiliser. Mais l'instinct qui s'était naturellement développé en elle à force de vivre comme un animal lui apprenait que ce passe-partout était dangereux.

5

Le violon volé

L'enfant n'était plus attentif. Debout devant le pupitre, dans une attitude presque insolente, il n'arrivait pas à se concentrer sur le violon, qui ne l'avait jamais intéressé. Quand son professeur lui montrait comment tenir l'archet, il détournait parfois les yeux de la partition pour la regarder à la dérobée.

Yatabe Suwa, le dos bien droit, le violon coincé sous son menton légèrement orienté vers la gauche, faisait glisser l'archet en accentuant un peu ses mouvements pour que l'enfant les comprenne mieux. Ses mains maigres et osseuses, à la peau terne, aux articulations marquées, tremblaient légèrement, mais ses doigts dansaient comme s'ils avaient leur vie propre. Le talent et l'expérience de cette violoniste – autrefois saluée par des tonnerres d'applaudissements, car elle était l'une des meilleures musiciennes classiques au Japon – s'exprimaient même lorsqu'elle produisait des sons aussi élémentaires.

L'enfant observait la précision des gestes. Le petit doigt faisait pression sur une corde, comme l'annulaire. L'index, lui, ne cessait de sautiller sur une autre. Pendant ce temps, le majeur était tendu sans bouger. C'était étrange. L'enfant aurait voulu savoir pourquoi, mais sa mère lui avait appris qu'il ne fallait jamais demander à un adulte pourquoi il avait un handicap. Il gardait donc sa question pour lui.

Yatabe Suwa avait remarqué son regard. Elle ne trouvait pas sa curiosité déplacée. Au contraire, la capacité d'observation de ce petit garçon frêle et nerveux l'intéressait.

Ses élèves avaient l'âge où l'on aime avant tout s'amuser ; ils s'exerçaient très peu chez eux, et certains ne possédaient même pas leur propre instrument. Les mères qui ne pouvaient s'offrir un piano envoyaient leurs enfants chez Suwa, dont les tarifs étaient très bas pour un vrai professeur de violon. Après sa retraite, elle avait commencé à enseigner à des enfants de connaissances pour meubler son temps libre, et cette activité s'était graduellement transformée en un vrai cours. Chaque après-midi, elle recevait quatre ou cinq élèves.

À plus de soixante ans, et bien qu'elle pensât avoir complètement rompu avec le monde de la musique, elle souffrait d'un intense sentiment d'échec comme artiste, au point de déchirer la page du journal quand elle y voyait le nom d'un ancien collègue. Son unique consolation était l'idée que parmi ses jeunes élèves se cachait peut-être un futur violoniste. Cela lui arrivait toujours au moment où un enfant victime de la vanité maternelle massacrait la page de *La Méthode de violon* par Hohmann-Sitt, glaçant les oreilles et le sang de la grande artiste qu'elle était. Mais le garçon d'aujourd'hui n'était pas comme les autres, pensait-elle. Il habitait à deux arrêts de tramway d'ici et était venu pour la première fois une semaine plus tôt, accompagné de sa mère. Suwa lui trouvait l'oreille musicale, même s'il était parfois distrait. Et elle savait que, pendant ces instants de distraction, il était inutile d'essayer d'enseigner quoi que ce soit.

« Tu peux me demander tout ce que tu veux ! » dit-elle en cessant de jouer pour tapoter le pupitre du dos de son archet pour encourager l'enfant.

Celui-ci tendit un doigt hésitant vers la main de Suwa.

« Comment se fait-il que vous ne vous serviez pas de votre majeur ? »

Elle regarda comme si ce n'était pas le sien ce doigt de la main gauche, qui avait été soudainement frappé de paralysie alors que, âgée d'une trentaine d'années, elle était au sommet de sa carrière. La panique et le désespoir qui l'avaient envahie alors lui revinrent. Les médecins n'avaient pu identifier la cause de sa paralysie. Le doigt ne présentait aucune anomalie, il était sain. Mais quand elle voulait le plier, il restait droit. Il ne lui causait aucune douleur.

Pendant les trente ans qui s'étaient écoulés depuis, les sempiternelles questions sur ce qui était arrivé à ce doigt qui l'avait privée de sa carrière de violoniste et contrainte à une vie de professeur étaient ce qui l'avait le plus fait souffrir. Elle était incapable d'expliquer la cause de cette paralysie, même si elle avait parfois le vague sentiment de la connaître. Chaque fois, elle l'enfouissait au plus profond de sa conscience.

La question de l'enfant fit affleurer cette réponse, qu'elle essaya de formuler en agitant impatiemment la main droite. Malgré ses efforts, elle n'y parvint pas. Seule demeura son irritation. Encouragée par l'attente qui brillait dans les yeux de l'enfant, elle finit par se mettre à parler, pour répéter le mensonge habituel.

« J'avais autrefois une très bonne amie. Nous travaillions toujours le violon ensemble. Nous fréquentions le même conservatoire, et nous habitions ici toutes les deux. Nous faisions tout ensemble. Mais un jour, cette amie et moi avons décidé de participer à un concours dont le prix était une bourse d'études à l'étranger. Le morceau imposé était l'un de ceux que je jouais le mieux. J'ai remporté le premier prix, et mon amie, le deuxième. Elle m'a souri, m'a félicitée, mais en réalité elle devait m'en vouloir, car peu de temps après, elle est retournée dans sa province. En emportant un de mes cheveux. Là-bas, elle s'est enfermée dans une grange pour fabriquer une poupée en paille qui contenait ce cheveu. Tous les jours, elle tapait sur un clou enfoncé dans le majeur de la main gauche de la poupée. Parce que son majeur à elle n'avait pas bien bougé le jour du concours.

— Cette amie était jalouse de vous, n'est-ce pas ? Elle n'était vraiment pas gentille », dit l'enfant d'une voix émue en regardant le majeur de sa professeure.

Intérieurement, Suwa était troublée par une image qui était le contraire de ce qu'elle venait de décrire. Elle revoyait distinctement le moment où elle avait été humiliée de se voir attribuer le deuxième prix.

Je n'ai pas mal joué. C'est la faute de mon instrument. Elle, elle vient d'une famille riche qui a pu lui payer un violon italien. Pas moi… L'argent l'a emporté, se disait-elle depuis trente ans. Quoi qu'il en soit, c'est elle qui est partie en Europe, et moi qui enseigne la méthode Hohmann à des enfants. Quelles paroles détestables que « C'est la vie », comme avait coutume de le dire ce professeur français. *C'est la vie, c'est la vie.* Mais j'ai lutté jusqu'au bout. En pensant que je gagnerais, se dit-elle. Elle leva la tête vers une étagère d'angle où était posé un vieil étui à violon couvert de poussière. Le sentiment d'échec qui l'avait submergée s'estompa. Elle ne se rendait pas compte que le violon sur l'étagère avait changé sa vie, et qu'il contenait la réponse à la question qui l'occupait tout entière.

« Bon, maintenant que tu sais, reprenons la leçon. Moi, je ne me sers que de trois doigts, mais toi, tu peux en utiliser quatre et jouer mieux que moi ! »

L'enfant hocha la tête. Puis il s'exerça encore une demi-heure et repartit chez lui, la tête pleine de cette histoire de doigt prisonnier d'un sortilège.

Suwa resta longtemps assise dans sa petite salle de classe, séparée du reste du logis par un rideau.

Le portrait de l'illustre compositeur romantique posé sur le piano, le visage déformé par la souffrance sous des cheveux ébouriffés, l'observait. Suwa le regardait. Il lui expliquait avec gentillesse qu'être artiste signifie souffrir, et qu'ainsi tout vous était pardonné.

*

À 5 heures du matin, Ishiyama Noriko revint dans la cour de la résidence en se glissant par une fente de la palissade. Il faisait encore sombre, mais le ciel blanchissant à l'est et la douceur de l'air annonçaient l'arrivée du jour. Elle serrait dans sa main droite une bouteille de lait qui venait d'être livrée. Quelques instants plus tôt, elle était si froide qu'elle glaçait sa paume, mais la chaleur de sa main l'avait réchauffée et couverte de buée. Dans les oreilles de Noriko continuait à vibrer le bruit de la clochette de la porte en bois, qui avait sonné lorsqu'elle s'en était emparée. Elle se promit de ne plus recommencer, tout en sachant qu'elle reprendrait ce risque. Elle sortait tous les matins avant le lever du soleil pour aller ramasser du bois, et ses yeux se poseraient à nouveau sur une bouteille fraîchement déposée par le laitier. Semblable à un fruit mûr sur un arbre, juste à la bonne hauteur pour être cueilli… Mais un jour, on la verrait, on crierait, on essaierait de l'attraper. Un vol est toujours puni. Elle se souvint de ce matin d'été où, pour la première fois, elle avait pris une bouteille de lait. Elle l'avait saisie avec précaution, sans aucune intention de la voler. Elle ne voulait qu'une gorgée… Le peu qu'elle avait avalé n'avait même pas le goût de lait. À l'instant où elle avait voulu remettre la bouteille à sa place, le soleil qui commençait à poindre avait dardé un rayon sur le verre et fait apparaître ses empreintes digitales. Comme une marque qui ne s'effacerait jamais.

Elle avait dû emporter la bouteille. Depuis, elle subissait chaque matin la tentation d'en voler une.

« Empreintes digitales » appartenait à un champ lexical qui résonnait lourdement à ses oreilles. Deux ans auparavant, quand elle avait ramassé un socque pour homme qu'un chien tenait dans sa gueule, le vieil homme atrabilaire qui l'avait poursuivie et rattrapée l'avait conduite au poste de police. Pour lui faire peur, l'agent lui avait expliqué qu'avec de la poudre pour empreintes digitales, il était possible d'identifier immédiatement l'auteur d'un crime. Elle avait été relâchée presque aussitôt, mais ces paroles avaient tourné dans sa tête, au point de se transformer en une vérité éternelle. Le calcium, les empreintes digitales…

La cour du bâtiment en « U » était couverte de parterres de fleurs protégés par de la paille en hiver – sauf bien sûr la petite serre en verre. Au milieu se trouvait un grand incinérateur pourvu d'une cheminée. Noriko longea le côté est du bâtiment en se dirigeant vers l'escalier de secours. Comme le palier du deuxième étage était à la même hauteur que la fenêtre du couloir en face de son logement, elle plaçait tous les matins une caisse de fruits à cet endroit et pouvait ainsi sortir du bâtiment à l'insu des résidentes. Elle gravit les marches métalliques en silence, grâce à ses chaussures en toile, et remarqua une pile de journaux sur l'incinérateur, qui avait échappé à son attention. Depuis l'escalier de secours, elle paraissait flotter au milieu de la cour. Noriko redescendit l'escalier pour aller la chercher. Une fois arrivée à l'incinérateur, elle tendit la main pour la prendre, mais réalisa alors qu'il s'agissait en réalité d'un journal posé sur un carton soigneusement plié, un matériau de grande valeur pour son poêle à bois. Elle emporta le tout chez elle, sans s'interroger sur la présence de ce journal.

Le crépuscule était proche quand elle comprit sa signification.

Elle avait passé l'après-midi à habiller la bouteille de lait de papier mâché pour lui donner la forme d'une cruche mexicaine, en y collant du papier journal découpé en très petits morceaux, puis peint.

« Comme ça, je suis à l'abri. Ce serait terrible qu'on découvre mes empreintes digitales sur la bouteille », murmurait-elle en travaillant.

À la tombée du jour, elle observa longuement sa nouvelle création, qui rejoignit les autres décorations de son studio.

Elle allait essuyer ses mains sur un vieux journal quand elle remarqua la date. « 26 janvier 1933 », lut-elle. C'était le journal trouvé le matin sur le carton ; ses bords jaunis s'effritaient presque sous le doigt.

La date était surprenante, mais plus surprenante encore était la coïncidence : quelques jours plus tôt était apparue sur le tableau d'informations de la loge une annonce informant que quelqu'un cherchait un vieux journal et était prêt à offrir une récompense à la personne qui le lui procurerait. Elle avait le ticket gagnant à la loterie ! Un tel hasard était-il possible ? Après s'être lavé les mains au robinet du palier pour ne pas abîmer le journal, elle le replia, le dissimula dans une pile et descendit au rez-de-chaussée pour vérifier l'annonce. C'était bien du lundi 26 janvier 1933 qu'il s'agissait. Le texte précisait qu'une somme d'argent avait été déposée à la loge pour payer le journal. Elle réfléchit en allant et venant devant le tableau et se souvint qu'elle avait le devoir d'informer le bureau d'aide sociale de toute rentrée d'argent imprévue. « Une récompense », cela voulait dire quoi ? Mieux valait ne pas parler du journal avant d'en savoir plus sur ce point. Bien qu'elle eût conscience du regard de la gardienne Tōjō sur son dos, elle remonta chez elle sans lui parler.

La nuit, à l'abri dans son nid du placard, elle pensa qu'elle n'avait pas encore lu ce fameux journal. Pourquoi avait-il de la valeur ? Aucun événement historique ne s'était produit ce jour-là. Elle alla le chercher, s'approcha de l'ampoule de cinq watts et commença à lire, remplie d'appréhension.

Sur la page des faits divers figurait en gras le titre suivant : « Vol d'un violon Guarnerius de grande valeur », accompagné d'un cliché montrant un homme de type européen d'âge mûr, chauve, qui portait un manteau ouvert et tenait dans sa main droite un étui de violon. Le violoniste André Daule devait donner deux concerts d'adieu dans la salle Hibiya Kōkaidō avant son départ du Japon, où il avait enseigné pendant cinq ans. Son violon lui avait été dérobé à l'issue du premier concert : une fois rentré à l'hôtel, il avait constaté que son étui contenait un autre instrument. La substitution avait dû se faire dans sa loge, mais il ne pouvait en être sûr. Sa seule certitude était qu'il avait remis son violon dans l'étui qui se trouvait dans sa loge à la fin du concert, et que cet étui n'avait pas quitté ses bras dans le taxi qui le ramenait à l'hôtel. L'échange ne pouvait donc avoir eu lieu que pendant les quelques minutes où l'étui contenant le Guarnerius était resté posé sur la table de sa loge où se trouvait une multitude d'admirateurs : le voleur avait fait preuve de l'adresse d'un prestidigitateur. Les propos de personnes présentes dans la loge, à la fin de l'article, retinrent l'attention d'Ishiyama Noriko, car elle reconnut le nom d'une résidente du rez-de-chaussée, Yatabe Suwa, qui avait déclaré : « Je suis navrée que ce malheur soit arrivé au professeur au moment où il quitte le Japon, pays qu'il aime de tout son cœur. Je voudrais plus que tout que le voleur le lui retourne vite. D'autant que le professeur est la seule personne capable de bien jouer de cet instrument. » Yatabe Suwa avait été l'élève préférée d'André Daule, précisait l'article. Ishiyama Noriko visualisa son visage, celui d'une musicienne qui marchait toujours le dos bien droit quand elle la croisait dans les couloirs.

Puis elle comprit soudain pourquoi elle avait toujours ressenti une sorte de familiarité avec elle. Yatabe Suwa aussi était une voleuse.

Son instinct le lui affirmait, au-delà de toute logique. Trente ans plus tôt, Yatabe Suwa avait laissé ses empreintes digitales indélébiles sur le violon. Mais comment les avait-elle dissimulées ? Avait-elle passé une autre couche de vernis ? Ishiyama Noriko brûlait de le savoir. Elle pensa aussitôt au passe-partout, comme la gardienne Tamura quand elle avait voulu voir le logement de Munakata Toyoko, son ancienne camarade de classe. Noriko sortit du coffret l'objet qui avait maintenant un sens précieux pour elle, le caressa des doigts et s'imagina en train de chercher le violon dans le studio de Yatabe Suwa. Elle s'endormit bientôt, épuisée par la transformation de la bouteille de lait.

*

La pluie glaciale qui lavait les briques du bâtiment depuis le matin continuait à tomber en cette fin de journée. L'humidité rampait dans les couloirs et jusque sur les murs de l'escalier. Yatabe Suwa raccompagna son dernier élève de la journée dehors et lui recommanda de faire attention à ne pas glisser en marchant. Il lui dit au revoir, et elle le regarda aller vers l'arrêt de tramway sous son petit parapluie. Les gouttes de pluie qui glissaient de l'avant-toit tombaient sur ses joues, et le froid montait des pavés. Mais l'âge l'avait rendue insensible aux températures. Elle n'avait pas envie de rentrer et de se préparer à dîner. Une insondable tristesse l'envahissait toujours après le départ des enfants, particulièrement quand il pleuvait. Elle poussa la lourde porte et rentra. Assise dans la loge, la gardienne Tamura tricotait lentement.

Il y avait une nouvelle annonce sur le tableau d'informations de la loge. Elle la lut distraitement, mais soudain, la date du 26 janvier la frappa. Quelqu'un souhaitait acheter un journal paru trente ans auparavant, sans préciser pourquoi. Suwa comprit aussitôt que cette annonce lui était destinée. Comment aurait-elle pu oublier ce jour ? Elle avait enfoui au fond de sa commode un journal de cette date, en compagnie d'articles vieux de plusieurs décennies qui faisaient l'éloge de son talent.

Son étonnement se transforma bientôt en une colère et une appréhension indicibles. Pétrifiée devant le tableau d'informations, elle n'entendit pas sa voisine qui revenait du travail la saluer. Elle avait l'impression que le dénouement du drame de sa vie, ce dénouement qui devait arriver un jour, était proche.

De retour chez elle, elle s'assit face à son piano, où elle resta jusqu'au matin. De temps en temps, elle levait les yeux vers l'étui de violon posé sur l'étagère triangulaire. Le célèbre Guarnerius y dormait depuis trente ans. Elle y posait son archet quelques fois dans l'année, quand elle en prenait soin. L'instrument avait gardé un son magnifique.

Elle continuait à croire qu'elle n'avait pas mal agi en le volant. Et si son crime devait être révélé, elle expliquerait qu'elle s'était comportée comme une artiste et n'avait pas à avoir honte de son geste. Mais était-ce vraiment le cas ? Quand elle fermait les yeux, elle se remémorait ce jour comme si c'était hier.

La veille du premier concert d'adieu, André Daule, son maître, lui avait donné un cours particulier, qui s'était déroulé comme tous les autres. Suwa sentit soudain l'émotion l'envahir. Elle revoyait, comme s'il était debout devant elle, le regard hypnotisant, le beau nez aquilin. Un flot de paroles semblable au début du long, long monologue d'une tragédie monta en elle.

« À la fin du cours, il m'a regardée avec passion, mais aussi avec tristesse. En cet instant, ai-je ressenti de l'amour pour la première fois de ma vie, ou rêvais-je déjà du Guarnerius ? Ses bras m'ont serrée dans une solide étreinte, et j'ai fermé les yeux. Je suis devenue une petite chose, légère et douce. Pourquoi ai-je pleuré lorsque tout a été fini ? Est-ce le hasard ou la providence divine qui a voulu que, peu de temps après, la voiture d'un journaliste vienne le chercher ? Il est parti en me demandant de l'attendre, et j'ai passé un long moment assise sur le lit. Bientôt m'est venue une pensée dont je n'ai pas réussi à me débarrasser. Peut-être devrais-je plutôt parler d'une angoisse. Et s'il n'avait pas reconnu mon talent, mais s'était intéressé à moi parce que j'étais une femme ? Dans les deux cas, il ne me restait que le chagrin. Mais je souhaitais qu'il me reconnaisse comme artiste.

« Il avait laissé son Guarnerius dans la chambre. Il était sorti sans crainte parce que j'étais là. Mais je suis partie avant son retour. Avec le Guarnerius dans mon étui… Aujourd'hui encore, je suis incapable d'expliquer ma conduite. Pourquoi ai-je agi ainsi ? Voulais-je l'empêcher de quitter le Japon, ou voulais-je plus que tout cet instrument italien ? À présent, j'ai l'impression que mon geste n'a rien à voir avec ces raisons.

« J'avais pensé qu'il annulerait son récital du lendemain, mais il l'a donné comme prévu. Et il a prétendu jouer avec son Guarnerius. Ni les critiques ni le public ne s'en sont apparemment aperçus. Ils ont sans doute mis sur le compte de la pluie ce son moins beau que d'ordinaire.

« André Daule n'a annoncé le vol qu'à la fin du premier concert. Juste avant son départ du Japon, il m'a fait parvenir par la poste, soigneusement emballé, le violon que je lui avais laissé. Il savait donc que c'était moi qui avais le sien. Il n'avait pas l'intention de me le reprendre. S'il n'a même pas essayé, s'il a laissé entendre que le violon avait été volé dans sa loge, était-ce par peur du scandale ? Ou parce qu'il connaissait mon niveau artistique et mon attachement à cet instrument ? Ou simplement parce qu'il avait pitié de moi ?

« Le jour où il a quitté le Japon, je suis allée jusqu'à la jetée à Yokohama, discrètement, pour le regarder partir. Il y avait beaucoup de monde, je ne pense pas qu'il m'ait vue, mais j'ai eu l'impression que son regard chagriné me cherchait dans la foule pour me faire savoir qu'il me pardonnait. J'aurais voulu lui crier mon amour à ce moment-là, mais je ne l'ai pas fait. Quelques mois plus tard, quand j'ai voulu jouer avec le Guarnerius, j'ai remarqué que le médium de ma main gauche ne bougeait plus. Alors que j'étais décidée à consacrer ma vie au violon. »

Ainsi s'acheva ce monologue de Suwa qui était remplie d'amers remords.

Elle leva encore une fois la tête et contempla le Guarnerius sur l'étagère. L'annonce du tableau d'informations avait nécessairement un rapport avec cet instrument. Elle devait absolument savoir qui était la personne qui le recherchait.

Le lendemain, Suwa prit le risque d'aller demander à la loge d'où venait l'annonce. Elle craignait d'éveiller les soupçons des gardiennes, mais elle se persuada que si elle posait la question d'un ton naturel, il ne lui arriverait rien. Et si elle choisissait un moment où l'aimable gardienne Tamura était de service, elle réussirait probablement à apprendre quelque chose. Ayant vu ce matin-là sa collègue Tōjō dans la loge, elle décida d'y retourner dans l'après-midi.

Elle redescendit vers 16 heures et adressa la parole à la gardienne Tamura en se forçant à sourire malgré sa tension. Celle-ci lui lança un regard étonné. Un filet de salive coulait de la commissure de ses lèvres. Suwa l'avait sans doute réveillée.

« Cette annonce est vraiment bizarre, non ? Vous connaissez le montant de la récompense ?

— Parce que vous avez ce journal ?

— Non, mais…

— Moi non plus. Si j'avais su ! J'aurais dû garder tous les journaux ! Le papier journal sert à tant de choses !

— Quelqu'un vous en a apporté un ?

— Non, pas encore. Mais je suis sûre que nous sommes beaucoup à le chercher. Mme Takiguchi, du quatrième, en a peut-être un. Elle a la collection complète du magazine *Fujin Sekai*, vous savez ! Mais elle refuse de prêter ne serait-ce qu'un numéro, de peur qu'on ne le lui rapporte pas.

— Un magazinc, on peut en faire collection, mais un quotidien, c'est impossible, non ? Ça prendrait trop de place. Et on devait les donner au pays, pendant la guerre.

— Oui, mais l'idée, c'est que cette résidence existe depuis

longtemps, et il y a beaucoup d'excentriques ici, donc on ne peut pas exclure que quelqu'un fasse la collection de quotidiens. Bon, affirmer qu'il y a beaucoup d'excentriques ici, ce n'est pas très poli. »

Suwa garda le silence.

« En tout cas, c'est ce qu'a dit l'Européen qui a demandé qu'on mette l'annonce. Et il a laissé une enveloppe avec une récompense généreuse. Cinq mille yens, vous vous rendez compte ! »

La gardienne Tamura sortit avec circonspection une enveloppe blanche de son tiroir et la tendit à Yatabe Suwa.

« À voir comme elle est pleine, la somme doit être en billets de cent yens », remarqua celle-ci en retournant l'enveloppe où elle lut les lettres « AD », écrites en majuscules.

« AD », ce ne pouvait qu'être les initiales d'André Daule. Mais il était mort quinze ans auparavant, à l'âge de soixante-dix ans, en Suisse. Elle continua à parler comme si de rien n'était, en s'efforçant de contrôler son émotion, mais elle sentit qu'elle avait pâli.

« Certains Européens font vraiment des choses étranges. Je me demande bien à quoi peuvent servir de vieux journaux.

— Ce n'est pas moi qui étais de service, mais ma collègue. Elle m'a dit qu'il était jeune, une trentaine d'années, et qu'il était beau, figurez-vous. Comme un acteur de cinéma, d'après elle. Il lui a expliqué qu'il s'intéressait à l'histoire japonaise, et particulièrement à celle de Tokyo. Et que les journaux publiés à cette date contenaient la photo d'un temple qui avait brûlé. »

Ce ne pouvait être qu'un mensonge. Il aurait été très facile d'aller chercher cette photo au siège des journaux.

C'était un prétexte. Non, ce qu'il veut, c'est récupérer le Guarnerius que j'ai chez moi, hurla intérieurement Yatabe Suwa. Ce doit être le fils qu'André Daule a eu avec une femme quelque part, pensa-t-elle avec un sentiment fugace qui ressemblait à de la jalousie.

La gardienne Tamura continuait à parler, mais Suwa ne l'écoutait plus.

Avant de lui rendre l'enveloppe, elle lut encore une fois l'adresse qui figurait au verso, dans le quartier de Nihonbashi.

« Vous savez quand il revient, cet étranger ? J'aimerais bien le voir…

— Il voyage beaucoup, il ne pouvait pas dire quand il repasserait », répondit la gardienne Tamura, sur le ton du regret.

Attendre ainsi était difficilement supportable. Suwa décida de se rendre à l'adresse de Nihonbashi.

Le lendemain, pour la première fois depuis longtemps, elle revêtit un élégant kimono et partit.

Elle demanda son chemin au poste de police du quartier et n'eut aucun mal à trouver l'adresse qui correspondait à un grand magasin de musique. Suwa acheta des partitions pour enfants et interrogea une jeune vendeuse à propos du mystérieux étranger.

« Tous les vendeurs ici sont japonais. Mais peut-être y a-t-il des étrangers dans notre service de relations publiques ? Je vous suggère de demander au responsable du magasin que vous voyez là-bas. »

Suwa s'approcha de lui, se présenta et lui dit, en s'inclinant poliment, qu'elle souhaitait rencontrer André Daule.

Étonné, le responsable l'assura que tous les employés étaient japonais.

« Mais peut-être avez-vous des clients étrangers qui vous demandent de leur servir de boîte aux lettres, en quelque sorte ? » continua-t-elle sans se décourager.

Il passa quelques appels, puis revint vers elle et lui annonça que ce n'était pas le cas.

Elle était pourtant persuadée de l'existence de cet André Daule et ne pouvait se défaire de l'idée qu'on l'avait menée en bateau.

Ce soir-là, elle alla voir un film dans un cinéma de Hibiya, chose qu'elle n'avait pas faite depuis un an. Mais après la séance, le mystère de cet étranger qui avait signé « AD » continuait à peser sur son esprit. Elle était déchirée entre le désir de le rencontrer et celui de lui échapper à tout prix.

Avant de rentrer chez elle, elle s'arrêta dans une pâtisserie de Ginza pour acheter une boîte de gâteaux qu'elle offrit à la gardienne Tamura en la priant de la prévenir si cet étranger revenait.

Mais plusieurs jours s'écoulèrent sans aucun événement. Chaque fois qu'elle passait devant la loge, l'annonce l'agaçait.

Une semaine exactement après l'apparition de l'annonce sur le tableau d'informations, Suwa reçut une lettre. L'expéditeur savait exactement quand frapper pour l'atteindre.

Un petit incident s'était produit cette semaine-là. Quelqu'un avait apporté à la loge un journal de la date demandée.

Yatabe Suwa avait remarqué la disparition de l'annonce quatre jours après son apparition, quand elle était descendue à la loge le matin vers 10 heures.

« Madame Yatabe ! » avait lancé la gardienne Tamura en se penchant vers elle.

Elles étaient seules, car les femmes qui travaillaient à l'extérieur étaient déjà parties.

« Figurez-vous qu'hier soir, une personne nous a apporté le journal, en nous priant de ne pas révéler son nom. Elle est repartie avec les cinq mille yens. Le journal datait bien du 26 janvier 1933. J'ai demandé à ma collègue de venir vérifier. Je ne voulais pas à avoir à rembourser l'argent en cas d'erreur.

— Et il y avait un article sur le temple qui a brûlé ?

— Je ne sais pas, parce que je ne l'ai pas ouvert. Ma collègue m'a dit que nous risquions de l'abîmer et qu'il valait mieux le protéger tout de suite. » Elle ouvrit le tiroir et en sortit une grande enveloppe jaune. « Le voici ! Pourvu que cet étranger vienne vite le chercher ! Je suis sûre qu'il sera ravi.

— La personne qui l'a trouvé devait avoir une collection bien rangée. Quand on pense que ce journal a trente ans !

— Non, elle est un peu dérangée. Son studio est rempli de vieux journaux… Mais si je vous dis ça, vous allez deviner de qui il s'agit. Ha ha ha ! En fait, c'est Mme Ishiyama, du deuxième étage. Vous savez, "Madame Algues", l'ex-professeur de dessin qui porte toujours une longue jupe. Et qui vit de l'aide sociale. Elle m'a demandé de n'en parler à personne parce qu'elle aurait des ennuis avec le bureau d'aide sociale s'ils apprenaient qu'elle avait eu une rentrée d'argent inopinée. J'aimerais bien savoir comment elle compte utiliser cette somme. Elle est très économe, vous savez. Et elle ne dépense presque rien en gaz ou en électricité. »

Yatabe Suwa visualisa Ishiyama Noriko, toujours vêtue comme une mendiante. Elle avait dû passer quatre jours enfermée chez elle à vérifier les dates de ses vieux journaux. Et elle avait fini par mettre la main sur le bon. Avait-elle lu le fameux article ? Peu importait à Suwa. Son geste n'aura aucune incidence sur ma vie, se dit-elle.

« Madame Yatabe, je compte sur vous pour n'en parler à personne ! »

Le ton de la gardienne Tamura était aimable. Elle devait avoir l'impression qu'elles étaient devenues amies. Suwa pensa que ni elle ni sa collègue ne soupçonnaient quoi que ce soit.

La seule chose qui l'inquiétait un peu, c'était que, ces derniers jours, elle avait croisé plusieurs fois Ishiyama Noriko dans le couloir du rez-de-chaussée.

Il n'y eut pas d'autres faits marquants cette semaine-là. L'étranger n'était pas revenu. Yatabe Suwa avait remarqué qu'elle manquait de patience avec ses élèves. Puis la lettre était arrivée : un élève venu pour sa leçon en début d'après-midi lui avait dit qu'on la lui avait confiée à la loge. Suwa l'avait posée sur le piano, et elle avait donné son cours. Les leçons étaient sacrées, il était exclu qu'elle s'interrompe pour ouvrir une lettre. Mais elle avait eu du mal à se concentrer, car elle avait l'impression que l'enveloppe carrée la narguait. La personne qui avait écrit l'adresse savait manier la plume. Le cachet de la poste indiquait qu'elle venait de l'arrondissement de Chūō. Lorsque l'élève la lui avait remise, elle avait regardé le verso et lu les initiales « AD ». Un frisson où la panique se mêlait à l'espoir l'avait submergée. Ce qui devait arriver allait arriver, s'était-elle dit. Les trente minutes de la leçon lui avaient paru très longues. Sitôt l'élève parti, elle avait déchiré l'enveloppe qui ne contenait qu'un seul feuillet. La lettre était écrite dans un japonais parfait.

Madame,

Je vous remercie de m'avoir fait parvenir le journal daté du 26 janvier 1933.

Je voudrais, en lien avec celui-ci, vous parler de l'instrument.

Je vous attendrai le 12 février à 16 heures à l'entrée de la salle Hibiya Kōkaidō. J'aurai une fleur rouge artificielle à la boutonnière. J'espère de tout cœur que vous pourrez venir.

AD

Qu'un étranger ait rédigé cette lettre paraissait impossible. Quelqu'un avait dû l'écrire pour son expéditeur. Mais pourquoi parlait-il de ce journal qu'elle n'avait pas envoyé ? Pourquoi lui demandait-il d'aller à cette salle de concert au lieu de venir chez elle ? Et pourquoi cette personne ne lui révélait-elle pas son identité, comme la politesse l'aurait exigé ? Elle n'avait de réponse à aucune de ces questions. Une idée lui vint. Une des habitantes de la résidence n'aurait-elle pas envoyé le journal en se faisant passer pour elle ? Mais pourquoi ?

Suwa devait également répondre à une autre question. Quelle attitude adopter face à cet étranger ? Et même, devait-elle accepter cette rencontre ? Ces interrogations sans réponse la torturaient.

Même si André Daule avait pardonné son geste, elle avait commis un vol. Et aujourd'hui, il n'y avait plus personne pour corroborer les propos de Suwa. Cette pensée lui faisait peur. Mais elle ne pouvait sans doute rien faire d'autre que d'aller au rendez-vous.

Le 12 février était le lendemain.

*

Le couloir du rez-de-chaussée était sombre, et quand il tombait de la neige fondue comme ce jour-là, la lumière y était crépusculaire. Il fallait allumer les lampes pour voir quelque chose.

Ishiyama Noriko, qui venait de sortir des toilettes de ce niveau, appuya deux fois sur l'interrupteur. La lumière s'alluma et s'éteignit. Elle recommença avec l'interrupteur suivant, s'approcha comme si de rien n'était du logement de Yatabe Suwa et colla l'oreille à sa porte avant de s'éloigner. Même si elles l'avaient vue, les habitantes de la résidence connaissaient ses habitudes et n'auraient pas trouvé son manège étrange.

Cela faisait quatre ou cinq jours qu'elle descendait souvent au rez-de-chaussée, où elle rôdait dans le couloir, allait aux toilettes et écoutait à la porte de Yatabe Suwa pour savoir si elle était chez elle. Elle entendait parfois des notes de violon à faire se dresser les cheveux sur la tête. À d'autres occasions, elle percevait le ton irrité de sa voisine pendant qu'un des élèves jouait. Il lui était aussi arrivé de la croiser au coin du couloir, un panier de courses au bras. Mais elle revenait de ses commissions toujours trop vite au goût de Noriko.

Depuis qu'elle avait ramassé le vieux journal posé sur l'incinérateur, le désir de voir ce qu'étaient devenues les empreintes digitales sur le violon volé était devenu une obsession. Chaque soir, elle sortait le passe-partout, dont la vieille gardienne Tamura s'était débarrassée en le mettant dans sa serrure, et s'excitait à l'idée de l'utiliser pour atteindre son but.

Ici aussi vit une personne qui est troublée par les empreintes digitales qu'elle a laissées. Et les siennes sont vieilles de plusieurs dizaines d'années… Moi, tout ce que je voulais, c'était boire une gorgée de lait. Yatabe Suwa a-t-elle aussi simplement voulu jouer une seule fois de ce violon ? se demandait-elle, une main appuyée sur sa hanche douloureuse, voyant la musicienne comme une sœur d'infortune.

Mais lorsqu'elles se croisaient dans le couloir du rez-de-chaussée, Suwa portait sur elle le même regard dégoûté que les autres résidentes.

Ishiyama Noriko entendit une porte s'ouvrir derrière elle. Elle était sûre que c'était celle de Yatabe Suwa. Pour la troisième fois depuis le matin, elle venait de parcourir le couloir du rez-de-chaussée sans entendre une seule fois le violon. La professeure a probablement annulé ses leçons, se disait-elle lorsque Suwa apparut. Noriko fit semblant de ramasser quelque chose pour lui jeter discrètement un coup d'œil.

Suwa était habillée pour sortir. Au lieu d'un panier à provisions, elle portait un sac en cuir noir, et elle n'était pas chaussée de sandales japonaises mais de chaussures à hauts talons. Elle verrouillait sa porte, perdue dans ses pensées, et ne parut pas remarquer Noriko. Elle s'arrêta ensuite à la loge, dit quelques mots à la gardienne et quitta la résidence, tête baissée.

Le ciel était très nuageux, la pluie pouvait tomber à tout moment. Le vent qui s'engouffrait sous sa jupe fit frissonner Noriko qui s'était mise à suivre Suwa. Elle tira sur les manches de son pull en laine.

Visiblement préoccupée, Suwa s'élança dans la rue alors que le feu était rouge. Ce n'est que lorsqu'un chauffeur de taxi l'insulta qu'elle se rendit compte de ce qu'elle faisait. Une bourrasque souleva le bas de son manteau, dévoilant de fines jambes fragiles.

Noriko traversa la rue au milieu d'autres piétons en la suivant des yeux. Suwa, qui ne s'était visiblement aperçue de rien, monta dans le tramway bondé qui venait d'arriver, se frayant un passage parmi les étudiants.

Dissimulée derrière un poteau téléphonique, Noriko réfléchit en la regardant s'éloigner. Où allait-elle ? Elle ne reviendrait sans doute pas de sitôt. Noriko repartit vers la résidence aussi vite qu'elle le pouvait. La démarche particulière qu'elle avait adoptée depuis des années pour ne pas avoir mal à la hanche lui donnait l'air de danser quand elle se hâtait. Sa jupe qui traînait par terre tremblait dans le vent, les manches de son pull laissaient voir une chemise tachée, ses cheveux étaient en bataille.

Les gens qui la croisaient se retournaient parfois sur elle.

La gardienne Tōjō lisait dans la loge. Noriko gagna le couloir du rez-de-chaussée. Personne en vue. C'était une occasion unique d'aller dans le studio de Yatabe Suwa. Elle sortit le passe-partout caché entre ses seins tombants et le serra amoureusement dans ses mains.

Elle s'arrêta devant la porte et introduisit le sésame dans la serrure. La porte s'ouvrit, elle se glissa à l'intérieur du studio. Aucune tenture ne séparait la petite entrée où l'on se déchaussait du reste du logement. Suwa devait avoir éteint son radiateur à gaz juste avant de sortir, car l'air réchauffa le front glacé de Noriko. Elle jeta un dernier coup d'œil dans le couloir avant de verrouiller la porte en laissant le passe-partout dans la serrure. Sans se défaire de ses chaussures de toile, elle jeta un regard circulaire sur les lieux. Le piano et le lampadaire étaient vieux et abîmés. Le grand abat-jour était couvert de taches, comme une étrange carte géographique. De l'autre côté du rideau qui divisait la pièce en deux se trouvait sans doute un lit, dont on apercevait la couette glissée au sol. Tout donnait à penser que l'habitante des lieux était partie à la hâte.

Noriko défit ses chaussures et entra dans la pièce à vivre.

Elle dirigea d'abord son regard vers le piano, où étaient posés trois violons d'enfants. Elle ouvrit ensuite le rideau. Il y avait sur la table de nuit un étui à violon noir. Noriko couvrit ses doigts d'un chiffon et poussa le fermoir. À l'intérieur, l'instrument brillait d'un sombre éclat. Il devait servir souvent, car il en émanait, comme de l'étui, une odeur humaine.

Elle était certes incapable de distinguer un Guarnerius d'un autre violon, mais elle avait l'intuition que ce n'était pas l'instrument qu'elle cherchait.

Elle regarda sous le lit : il y avait là des cartons vides, des boîtes, un talon cassé, des chaussettes et des chemisiers roulés en boule, couverts de poussière. Rien qui ressemble à un étui de violon. Ne restaient que le placard, la commode et l'armoire. Elle découvrit des vêtements démodés et des robes de soirée aux couleurs fanées, sans doute d'anciennes tenues de concert, qui dégageaient une forte odeur de camphre. Des coffres à linge et des boîtes étaient entassés dans le placard. Elle les fouilla sans rien trouver d'intéressant. Il y avait déjà presque vingt minutes qu'elle était entrée.

Elle entrouvrit prudemment le couvercle du piano en prêtant attention aux trois violons, mais ne vit que les cordes poussiéreuses de l'instrument.

Elle commençait à se sentir fatiguée.

Elle s'assit sur la chaise des élèves au milieu de la pièce et jeta un nouveau regard circulaire autour d'elle. Le violon n'était peut-être pas ici.

Il y eut un bruit de pas traînants dans le couloir. Noriko se tourna vers la porte, mais les pas s'éloignèrent. C'est alors qu'elle vit la petite étagère triangulaire, juste au-dessus de la porte d'entrée, où était posé un autre étui de violon, lui aussi couvert de poussière. Avec la certitude qu'il contenait le Guarnerius, elle déplaça une chaise, sur laquelle elle se jucha. L'étagère était à portée de mains. À nouveau, elle se couvrit les doigts d'un chiffon, saisit les deux extrémités de la boîte et la souleva doucement. De la poussière vint lui chatouiller les narines. Elle posa l'étui sur le tapis et essaya d'ouvrir le fermoir. Il était fermé à clé. Et sans doute Suwa portait-elle cette clé sur elle. Il faudrait forcer la serrure : Noriko allait devoir casser l'étui. Elle n'avait pas le choix. Renoncer si près du but était impossible. Elle se releva en espérant trouver un outil pour ouvrir la boîte.

Au même moment, il y eut de nouveau un bruit de pas dans le couloir. Plus net que tout à l'heure. Le bruit de hauts talons. Les pas rapides s'arrêtèrent devant la porte. Yatabe Suwa était de retour. Une clé grinça dans la serrure.

Noriko était terrifiée. Le sang lui monta à la tête. Elle vit le passe-partout bouger. Il ne tarderait pas à tomber, et la porte s'ouvrirait. Que faire ? La panique et l'égarement s'emparèrent d'elle. Si elle était découverte ici, elle serait chassée de la résidence comme une voleuse. Une sensation de chaleur lui parvint de l'intérieur de ses cuisses. Elle n'avait pas pu se retenir. Elle pivota. La fenêtre était la seule issue. Elle tourna la poignée d'une main tremblante, enfin les deux battants s'ouvrirent. Un mètre la séparait du sol. La cour était déserte. Elle jeta un dernier coup d'œil vers la porte. Le passe-partout était encore dans la serrure. De l'autre côté, Suwa s'acharnait sur la poignée bloquée. L'étui du Guarnerius gisait sur le sol. Maintenant que Noriko avait trouvé une issue et savait que la porte ne s'ouvrirait pas dans la seconde, elle se refusait à abandonner l'instrument. Elle s'aperçut qu'elle avait aussi oublié ses chaussures.

Il y eut d'autres bruits de pas dans le couloir. La gardienne Tōjō criait quelque chose d'une voix stridente. Le temps manquait. Noriko saisit l'étui et ses chaussures, puis grimpa sur le bord de la fenêtre. Le bas de sa jupe se prit dans l'encadrement, un morceau se déchira bruyamment. Trop tard pour revenir en arrière. Elle descendit, ou plutôt se laissa tomber de la fenêtre. Ses pieds nus glissèrent sur le sol mouillé. L'étui du violon lui échappa des mains et heurta les briques du bâtiment. Elle le ramassa et fit le tour de la cour des yeux. Pas question de passer par l'escalier de secours : on la rattraperait avant qu'elle arrive en haut. La seule solution, c'était se réfugier dans l'incinérateur au milieu de la cour. Elle y courut, ouvrit la porte, poussa l'étui à l'intérieur, puis rampa sur le ventre. L'espace la surprit. Si personne ne la découvrait, elle pourrait rester là jusqu'à la nuit. Il lui faudrait patienter une heure. L'incinérateur en brique n'avait pas servi depuis quelque temps et la pluie avait transformé les restes de papier carbonisé en une boue qui avait sali ses pieds. Elle les essuya avec un mouchoir en papier et remit ses chaussures.

Après un moment, elle jeta un coup d'œil dehors par un interstice. Elle voyait certaines des fenêtres du rez-de-chaussée et du premier, mais pas celle de Yatabe Suwa. Des femmes devaient monter la garde, pensait-elle. D'ailleurs, toutes les résidentes dont la fenêtre donnait sur la cour devaient la surveiller. Elle se mit à trembler de tout son corps et se recroquevilla sur elle-même en serrant l'étui dans les bras.

Elle attendit encore une demi-heure. Pour autant qu'elle pût en juger, personne n'était descendu dans la cour. Comme elle ne frissonnait plus, elle eut à nouveau envie de voir ce que l'étui contenait. Maintenant que ses yeux s'étaient acclimatés à la pénombre, et grâce à la lumière qui se glissait par la porte et par la cheminée, l'incinérateur ne lui paraissait plus si sombre. Elle plongea la main dans les cendres qui recouvraient le sol et ne mit pas longtemps à trouver un long clou. Elle l'inséra dans le fermoir, tentant en vain de le déverrouiller. Puis elle frappa l'étui, avant d'avoir l'idée de glisser le clou dans une des charnières : celle-ci céda facilement, et elle ouvrit craintivement le couvercle.

Le vernis de l'instrument s'était écaillé, toutes les cordes étaient cassées. Une partie du coffre était fendue et couverte de petits bouts de papier collés. Était-ce vraiment le fameux Guarnerius ?

Pauvre violon ! Elle a laissé s'abîmer le vernis et collé ce papier pour cacher ses empreintes digitales, se dit-elle. Elle imagina le visage de Yatabe Suwa qui, terrifiée à l'idée d'avoir déposé ses traces sur l'instrument, l'avait saccagé. Nous sommes presque sœurs, pensa-t-elle.

À peine avait-elle atteint son but que la fatigue l'envahit. Elle s'endormit aussitôt, le violon dans les bras, pelotonnée dans l'incinérateur. Elle se réveilla, frigorifiée, et éternua. Puis elle enterra l'étui noir du Guarnerius dans la cendre et quitta l'incinérateur.

Quelques fenêtres étaient allumées ; elle traversa presque en rampant la cour sombre pour gagner l'escalier de secours.

*

Le concert du soir avait commencé une demi-heure plus tôt. Debout dans l'ombre d'un pilier de l'entrée de la salle Hibiya Kōkaidō, Yatabe Suwa regardait le parc voisin, mélancolique sous le ciel gris. Les notes que lui apportait le vent de temps à autre lui rappelaient sa carrière d'artiste. L'heure du rendez-vous était passée depuis longtemps. Aucun étranger ne s'était présenté. Mais elle ne voulait pas partir. Elle se raccrochait à l'idée qu'il y avait encore une chance que l'inconnu apparaisse.

Éclairé par des lampes à vapeur de mercure, le parvis de la salle était quasiment désert. Seuls quelques spectateurs en retard gravissaient les marches quatre à quatre. Un chauffeur en uniforme sortit de sa voiture, essuya les vitres, s'y rassit.

Suwa fit quelques pas sur place pour réchauffer ses pieds glacés avant d'aller se réfugier à l'ombre d'un autre pilier.

Des phares éblouissants se rapprochèrent, une automobile s'arrêta en faisant crisser le gravier. Un étranger, grand, son manteau sur le bras, descendit et paya le chauffeur. Elle distinguait mal son visage. Le taxi redémarra, et l'étranger tourna les yeux dans sa direction. Il grimpa les marches du perron à grandes enjambées. Sans même s'en rendre compte, Suwa s'éloigna du pilier. Son cœur battait à tout rompre. Mais la seconde suivante, elle éprouva une déception. L'homme portait des lunettes. Une fois en haut des marches, il jeta un coup d'œil alentour. À nouveau, Suwa se dit que c'était peut-être lui. Il lui décocha un regard. Leurs yeux se croisèrent. Elle crut le voir sourire. À l'instant où elle ouvrait la bouche, une jeune femme arriva en courant de l'intérieur de la salle. L'homme l'aperçut et lui cria quelque chose. Ils s'étreignirent puis disparurent à l'intérieur.

Je ferais mieux de partir. À quoi bon attendre plus longtemps ? L'heure du rendez-vous est passée depuis trois heures, se disait-elle, désespérée, mais sans se décider à s'en aller.

Elle était arrivée avec vingt minutes de retard. Partie de chez elle une heure avant le rendez-vous, elle avait pris deux tramways pour arriver à Hibiya. Le second n'était pas rempli d'élèves qui lui marchaient sur les pieds. Debout à l'arrière, elle avait regardé défiler le paysage en pensant au passé. Le tramway n'avait pas changé. Celui-là s'arrêtait souvent, mais il progressait vers sa destination. Suwa n'avait pas encore tranché. Plus elle se demandait quelle attitude adopter vis-à-vis de cet étranger, plus elle hésitait. La vision des vieux bâtiments en brique des ministères l'avait apaisée. Elle avait compris que son amour pour le Guarnerius s'évanouissait : elle avait déjà soixante-cinq ans, son doigt était paralysé, elle n'aurait probablement plus jamais l'occasion de jouer en public. Le tramway avait marqué un nouvel arrêt, laissant monter une dame de son âge qui donnait la main à son petit-fils. On leur avait cédé deux places et ils avaient contemplé le paysage, l'air heureux. Contrairement à son habitude, Suwa avait été émue par cette manifestation d'affection familiale. Quand elle était étudiante, des amies avec qui elle était allée au zoo avaient poussé des cris de ravissement en voyant une ourse jouer avec ses petits, un spectacle qui l'avait laissée de marbre. L'ours mâle, qui tournait en rond seul dans sa cage, l'intéressait bien plus.

Aujourd'hui, c'était différent. Cette grand-mère et son petit-fils l'avaient touchée. Le regard de la vieille femme sur l'enfant avait fait changer quelque chose en elle. Et si cet étranger qui signait AD était vraiment le fils d'André Daule… ne serait-il pas heureux qu'elle lui donne le violon, sans un mot ? s'était-elle demandé.

Elle avait alors une demi-heure devant elle avant le rendez-vous. Assez de temps pour retourner chercher l'instrument. Elle était descendue à l'arrêt suivant, et un taxi l'avait ramenée à la résidence en moins de dix minutes. Jamais elle n'avait imaginé qu'on puisse entrer chez elle en son absence, elle ne s'était donc pas inquiétée de voir sa clé bloquée dans la serrure. Je suis trop nerveuse, avait-elle pensé. Ce n'est qu'après l'arrivée de la gardienne Tōjō, prévenue par une autre résidente, qu'elle avait remarqué qu'il y avait déjà une clé dans la serrure.

« Il y a quelqu'un ? » avait demandé la gardienne en frappant à la porte.

Pas de réponse.

« On a dû entrer chez vous par la fenêtre, suggéra la gardienne Tamura, essoufflée après avoir couru.

— Mais je suis sûre d'avoir tout fermé avant de sortir ! » répondit une femme qui habitait trois portes plus loin, comme si la question s'adressait à elle.

L'impatience de Suwa était grande, mais elle ne pouvait rien faire. Il fallut plus de cinq minutes pour faire tomber l'autre clé de la serrure, grâce à un fil métallique. Aucun désordre dans le logement ne laissait penser qu'il avait été visité par un cambrioleur. Mais une fenêtre était ouverte. Suwa leva les yeux vers l'étagère d'angle. Elle était vide. Le Guarnerius avait été volé.

« C'est le passe-partout ! Il était là, s'écria, stupéfaite, la gardienne Tamura en le ramassant.

— C'est comme ça qu'on est entré chez vous. La coupable a dû s'échapper par la fenêtre. Si nous découvrons son identité, nous saurons aussi qui a dérobé le passe-partout », expliqua calmement sa collègue Tōjō.

Suwa alla à la fenêtre et regarda dehors. La cour était vide. L'intrus avait eu le temps de fuir. Ce ne pouvait être qu'une des résidentes. Un lambeau de tissu noir était coincé dans la ferrure de la fenêtre. Elle le détacha discrètement, le roula en boule dans sa main et referma la fenêtre.

« Il faut appeler la police ! » lança la gardienne Tamura d'une voix excitée.

Mais Suwa voulait repartir au plus vite à la salle de concert. Plus de vingt minutes s'étaient déjà écoulées depuis son retour.

« On ne m'a rien pris, mais j'ai rendez-vous et je vous prie de bien vouloir vous occuper de la suite, dit-elle en s'adressant aux gardiennes et aux résidentes présentes.

— C'est effrayant qu'on soit entré chez vous avec le passe-partout, mais c'est rassurant qu'on l'ait retrouvé, dit la gardienne.

— Il va falloir convoquer une réunion d'urgence du comité d'administration pour discuter des mesures à prendre », conclut une autre habitante du rez-de-chaussée.

Le groupe se dispersa.

Le seul désir de Suwa était de voir de ses yeux l'étranger qui signait AD. Elle repartit en courant, prit un taxi en précisant au chauffeur qu'elle était pressée, mais elle arriva avec vingt minutes de retard.

Pour son malheur, le concert donné en matinée venait de se terminer, et elle eut beaucoup de mal à remonter les marches à contre-courant de la foule. Les spectateurs se dispersèrent peu à peu, et elle put regarder alentour, à l'affût d'un homme ayant à la boutonnière une fleur rouge artificielle. En vain. Bientôt, il n'y eut plus personne. Mais elle continua à attendre. Elle n'avait pas envie de rentrer chez elle. Debout à l'entrée de la salle, elle contemplait le parc qui prenait une couleur grise dans le crépuscule.

Au bout d'environ deux heures, les spectateurs du concert du soir commencèrent à arriver. Elle se mit machinalement à les inspecter. Presque tous portaient d'épais manteaux, sur lesquels il aurait été étrange d'arborer une fleur rouge.

Elle avait froid, était fatiguée et avait l'impression que son corps était aspiré par le béton dur sous ses pieds, mais elle ne renonça pas. Le violon ne la préoccupait plus. Elle voulait rencontrer ce jeune étranger qui devait avoir en lui quelque chose d'André Daule. Elle fit quelques pas et retourna dans l'ombre du même pilier. Il n'y avait plus personne. Les jeunes ouvreuses, l'air frigorifié, bavardaient entre elles. Suwa était prête à attendre indéfiniment.

Elle savait cependant qu'elle devrait rentrer chez elle lorsque les spectateurs du concert du soir sortiraient. La pensée qu'elle n'avait personne dans la résidence à qui parler l'attristait profondément. Sa solitude était totale. En regardant les frondaisons sombres du parc, elle commença à rêver à la vie qu'elle aurait eue si elle avait eu un enfant. Cela n'aurait pu lui arriver qu'après cette soirée avec André Daule. Elle se sentit rougir de honte. Elle se souvenait précisément de son état d'esprit d'alors. Elle lui avait crié sa peur de tomber enceinte, qui était réelle. Lorsque tout avait été fini, elle avait répété le mot « enceinte ». André Daule l'avait comprise. Il l'avait serrée dans ses bras, et lui avait chuchoté plusieurs fois les mêmes mots.

Soudain, le flot de ses souvenirs s'interrompit.

Elle venait de saisir, trente ans après, le sens de ce qu'il lui avait dit. « Que tu tombes enceinte est impossible », avait-il répété, non pas en japonais mais dans sa langue à lui. Elle entendait encore ses mots à la prononciation légèrement nasale.

Elle se souvenait aussi de ses gestes, de son expression, de chaque détail. Maintenant, elle comprenait clairement qu'il lui avait expliqué qu'il ne pouvait pas avoir d'enfant.

Tout ce qu'elle avait sous les yeux, les frondaisons sombres du parc, le béton, l'escalier, les piliers, s'effondra. Elle avait enfin compris. Qu'André Daule n'avait probablement pas d'enfant, que cet étranger n'existait pas, et qu'elle était seule au monde...

Elle fondit en sanglots. Elle descendit les marches en pleurant, seule. Elle était incapable de dire comment elle était retournée à la résidence K.

*

La semaine suivante, Yatabe Suwa annula ses cours en prétextant qu'elle était souffrante. Les enfants qui vinrent chez elle remarquèrent qu'elle était très pâle et paraissait d'humeur massacrante. Ils repartirent heureux de ne pas avoir de leçon.

Il lui fallut environ une semaine pour se remettre de l'émotion de cette soirée. Elle souffrait, prise dans un nœud qu'elle ne savait démêler, et finit par arriver à la conclusion qu'elle devait oublier cet étranger. Le jour où elle réussit à quitter son lit, elle était résolue à interroger Ishiyama Noriko.

Non seulement celle-ci rôdait devant sa porte, mais c'était la seule habitante à porter encore du crêpe noir. Le lambeau venait de sa jupe, et l'odeur qu'il dégageait était celle des mendiants.

Suwa ignorait pourquoi cette femme avait décidé d'entrer chez elle et de voler le Guarnerius. Elle ne savait pas non plus comment le passe-partout était arrivé en sa possession, mais elle supposait que le vieux journal l'avait mise sur la trace du violon dans son studio.

Peu lui importait qu'Ishiyama Noriko ait emporté l'instrument. De toute façon, cette mendiante ne saurait pas quoi en faire, et il lui suffirait de trouver le moment propice pour l'intimider et le récupérer.

Après avoir pris un petit déjeuner tardif, elle monta au deuxième étage et alla frapper chez Ishiyama Noriko. Elle n'obtint d'abord pas de réponse, mais elle s'obstina et, au bout de quelques minutes, Noriko entrouvrit la porte. Ses cheveux emmêlés et les traces de salive sur sa joue indiquaient qu'elle venait de se réveiller. Incapable de deviner la raison de la visite inattendue de Suwa, elle n'osait affronter son regard.

Derrière elle se dressaient d'impressionnantes piles de journaux et de cartons.

« C'est à vous, ça, non ? » demanda Suwa en lui mettant sous les yeux le bout de tissu noir qu'elle tenait dans la main droite.

Elle observa d'un œil détaché les tremblements des joues de Noriko, y voyant la confirmation de ses soupçons. Mais sa réponse la surprit.

« Je n'en sais rien. Je ne sais pas ce que c'est.

— Ne fais pas l'ignorante ! Quand tu t'es enfuie par la fenêtre, un bout de ta jupe dégoûtante s'est déchiré. Ça se voit, d'ailleurs ! reprit-elle en pointant l'endroit du doigt.

— Mais non, cette déchirure, je l'ai faite il y a longtemps. Et pas sur ta fenêtre.

— Pourquoi est-ce que tu mens ? Je sais que tu es entrée chez moi et que tu as volé le violon. Si tu me le rends, je ferai comme si rien ne s'est passé. Sinon, je raconterai à tout le monde que c'est toi qui es entrée chez moi. Comme ça, on saura que c'est toi qui as volé le passe-partout, et tu seras chassée d'ici… »

Noriko n'essaya pas de répondre. Le visage fermé, livide, elle serrait les lèvres.

« Pourquoi ne me réponds-tu pas ? Ton logement doit être plein de choses volées.

— Le vol, tu n'as que ça à la bouche, mais tes preuves, elles sont où ? Il ne faut pas me prendre pour une idiote parce que je dépends de l'aide sociale. La voleuse, c'est plutôt toi ! Et ce que tu as volé, c'est un instrument célèbre, alors tu ferais mieux de la fermer. »

Plus Ishiyama Noriko parlait, plus son excitation grandissait, et plus son ton s'élevait. Yatabe Suwa perdit son sang-froid.

« Ne crois pas que je vais te laisser dire ça, alors que tu ne sais rien du tout ! Je vais te conduire à la police !

— Mais qu'est-ce que tu racontes ? Tu ferais mieux de rentrer chez toi sans faire d'histoires, parce que le violon est couvert de tes empreintes digitales ! Si tu ne pars pas immédiatement, je vais crier ! »

Suwa se dirigea vers l'escalier en entendant la porte se refermer derrière elle. Elle bouillait intérieurement et se répétait : Chenille ! Sale chenille !

De retour chez elle, elle commença à réfléchir au moyen de récupérer le violon en visualisant la montagne de journaux empilés chez Ishiyama Noriko, persuadée que son cher Guarnerius y était caché.

Pourquoi ne pas simplement y mettre le feu ? L'occupante devrait quitter sa tanière, et on essaierait de sauver ses biens… Peut-être réussirait-elle à récupérer le violon dans l'affolement général ? Si ça ne marchait pas, cela donnerait au moins une leçon à cette personne infâme. Cette idée s'imposa à Suwa. Elle le ferait. Restait à décider comment.

Elle se souvint alors qu'autrefois, à chaque début de printemps, le voisin de ses parents brûlait les chenilles de ses cerisiers à l'aide d'une perche au bout de laquelle était fixé un chiffon imbibé d'essence. Elle ferait la même chose avec le morceau de jupe d'Ishiyama Noriko. L'idée que cette femme connaîtrait le même sort que les chenilles du voisin la rasséréna.

Deux jours plus tard, Suwa sortit de chez elle à 3 h 30 du matin, munie d'un sac en papier contenant son matériel incendiaire et une fine tige en bambou. Le moindre bruit résonnait dans le bâtiment désert, et elle pensa qu'elle aurait l'air encore plus suspect si elle s'efforçait de cacher sa présence. Elle traîna donc exprès les pieds, comme si elle allait aux toilettes du premier où elle s'arrêta, tira dûment la chasse avant de continuer son ascension jusqu'à l'étage suivant, troublée par le fort bruit de l'eau dans la conduite.

Il n'y avait pas de lumière chez Ishiyama Noriko, et elle n'entendit rien lorsqu'elle colla son oreille à la porte. Elle se pencha vers son sac et en sortit le chiffon imprégné d'essence. Avec la tige en bambou, elle fit pression sur la petite fenêtre à côté de la porte, qui s'entrouvrit. Suwa cessa d'appuyer, la fenêtre se referma. Elle jeta un coup d'œil alentour en inspirant profondément. L'air sentait l'essence. Elle frotta une allumette. Le chiffon s'enflamma en produisant un souffle, illuminant le couloir, mais Suwa ne s'affola pas. Elle l'avait prévu. Elle pressa la tige contre la fenêtre et poussa le chiffon enflammé à l'intérieur. Pendant quelques instants, elle ne vit que l'obscurité. Elle se dirigea alors posément vers les toilettes de l'étage. De là, elle pourrait voir la fenêtre d'Ishiyama Noriko et vérifier si sa tentative avait réussi. Il lui fallut quelques minutes pour y arriver. Quand elle ouvrit la fenêtre en verre dépoli, celle du studio de sa rivale était rouge. Ce n'est qu'à ce moment qu'elle frissonna. À présent, elle avait peur. Elle se rua hors des toilettes en criant qu'il y avait le feu, mais seul un filet de voix sortit de sa bouche.

Ses pieds butèrent sur une masse noire qui poussa un cri. C'était le chat d'une des résidentes, au poil hérissé. Elle parcourut ensuite le couloir en frappant à toutes les portes. Quelqu'un hurlait à l'autre bout. Suwa se dit qu'elle devait fuir. Elle dévala l'escalier et revint à son studio au rez-de-chaussée, tremblant si fort qu'elle en claquait des dents. Sans prendre la peine de se déshabiller, elle se réfugia sous ses couvertures, d'où elle entendit au loin la sirène des pompiers qui se rapprochait.

Le ciel commençait à blanchir à l'est lorsque le dernier camion de pompiers partit en faisant tinter sa cloche, environ une heure plus tard. À en juger par les bruits de pas, l'agitation dans les couloirs continuait.

Il était près de 7 heures lorsqu'elle remonta au deuxième étage, vêtue de son manteau dont elle avait relevé le col.

Cinq ou six résidentes étaient venues voir le studio incendié, avant de partir travailler. Dans un coin du couloir s'entassaient des vêtements et de la literie noircis par les flammes et trempés. Une forte odeur de brûlé flottait.

L'intérieur du studio était inondé, des bouteilles de lait flottaient çà et là dans l'eau, des restes à moitié consumés de journaux et de cartons collaient aux murs et au plafond. Suwa tendit le cou pour tenter de discerner quelque chose par-dessus les épaules des autres, et elle fut soulagée de constater que, contrairement à ce qu'elle redoutait, ni le cadavre carbonisé d'Ishiyama Noriko, ni l'étui du violon n'étaient visibles.

« À ce qu'il paraît, elle dormait dans son placard, et elle a été transportée à l'hôpital en ambulance, gravement brûlée. Son studio, plein de journaux et autres vieilleries, s'est embrasé comme un feu de joie. D'après un pompier, ça n'a rien de surprenant, son poêle était allumé », expliqua d'un ton triomphant une femme près de la porte.

Personne ne semblait soupçonner un acte criminel. Suwa ne s'attarda pas. Elle retourna chez elle et s'enferma plusieurs jours, convaincue que la police allait l'arrêter. Ses élèves cessèrent de venir à leurs leçons.

Ishiyama Noriko survécut à ses blessures, mais la gardienne Tamura savait qu'il lui faudrait beaucoup de temps pour se remettre, et qu'elle s'installerait sans doute ensuite en maison de retraite.

Yatabe Suwa avait renoncé au Guarnerius.

L'étui du violon gisait sous un tas de cendres dans l'incinérateur, exactement comme Noriko l'avait laissé. De temps en temps, les gens allumaient des feux au-dessus, sans se douter de rien.

6

Trois mois avant le déplacement du bâtiment

Le cas de Kimura Yoneko

Ce matin-là, Kimura Yoneko sortit de chez elle comme à son habitude à 10 h 30 du matin, munie d'une lettre et de cinquante yens.

Lorsque l'âge l'avait contrainte à prendre sa retraite et à cesser d'enseigner le japonais au lycée de filles Chikurin, elle avait souffert d'un sentiment de vide chaque matin au réveil, mais n'avait pas tardé à réagir.

Les premiers mois, elle quittait son studio à 8 h 30, comme quand elle travaillait. Elle gagnait Ikebukuro à pied en un peu moins d'une heure et elle allait au cinéma en profitant de la séance à prix réduit du matin, ou faisait le tour des grands magasins. Cependant, ces distractions ne la satisfirent pas longtemps.

D'abord, cette dépense grevait son budget. Se promener ne coûtait rien, mais le cinéma n'était pas gratuit et, à force d'arpenter les grands magasins, elle finissait par avoir soif et ne résistait pas à la tentation de s'offrir sa douceur favorite, un bol de pâte de riz gluant arrosé de haricots rouges sucrés.

Surtout, sa solitude lui paraissait plus grande au milieu de la foule. Elle préférait encore rester entre ses quatre murs. Tant qu'elle était chez elle, elle pouvait laisser libre cours à son imagination, et elle échappait à la tristesse qui l'accablait devant les femmes de son âge attablées seules dans les restaurants des grands magasins ou assises sur les banquettes, près de l'espace où le thé vert était servi gratuitement.

Au bout d'un mois, elle constata que son appétit diminuait et se dit qu'elle avait besoin d'exercice : elle irait désormais se promener dans le quartier de Komagome et le jardin japonais de Rikugi-en. Après des semaines sans sortir de chez elle, le monde extérieur lui parut neuf. Les boîtes à lettres rouges sur les trottoirs attirèrent son attention. Elle se mit à détailler le nombre de pas qui les séparait et en fit les poteaux indicateurs de ses trajets, qui la voyaient slalomer entre eux, encore et encore.

Un matin, une idée lui vint. Et si elle ne se contentait pas de les compter, mais s'en servait ? Ce jour-là, en rentrant chez elle, elle sortit de son placard ses anciens annuaires d'élèves et les disposa chronologiquement sur sa table.

Elle avait eu trop d'élèves pour connaître leur nombre exact, mais elle prit la décision d'écrire à chacune, en suivant l'ordre alphabétique de chaque année, au rythme d'une lettre par jour. Peu lui importait de ne pas avoir de réponse.

Son avenir cessa instantanément d'être vide et devint satisfaisant.

Elle se livra à cette occupation quotidiennement. La plupart du temps, elle passait quatre heures à élaborer une lettre qu'elle mettait sous enveloppe avant de se coucher. Le fait qu'elle ait enseigné le japonais était l'une des raisons pour lesquelles cette activité la passionnait. Le lendemain, elle ne réfléchissait pas à ce qu'elle avait écrit la veille, mais ouvrait machinalement un annuaire à la page du nom du jour, sous lequel elle tirait un trait rouge à la règle et inscrivait un numéro. Puis elle sortait, s'arrêtait au bureau de tabac du carrefour d'Ōtsuka-Nakamachi, achetait un paquet de cigarettes Shinsei et un timbre à dix yens qu'elle collait sur l'enveloppe avant de la glisser dans une boîte aux lettres. Après cette promenade, elle regagnait son studio d'où elle ne ressortait plus, consacrant son temps à penser à la lettre suivante. Elle se concentrait sur la destinataire, en se répétant son nom jusqu'à ce que quelque chose lui revienne à son propos. Les souvenirs remontaient en elle comme des bulles s'élevant d'un fond boueux. À un moment, une scène du passé lui apparaissait et s'animait dans sa mémoire.

Ce pouvait être l'instant où cette élève s'était figée quand elle l'avait croisée dans le couloir, l'instant où elle avait remarqué l'effort qu'une autre faisait pour comprendre quelque chose de difficile, ou l'attitude ridicule d'une lycéenne partie se réfugier dans le bureau du chef de gare parce que sa professeure de japonais l'avait vue chahuter sur le quai avec des collégiennes.

Ainsi les événements du passé de chacune de ses élèves lui revenaient avec netteté. Le texte des lettres de Yoneko était précis et impitoyable : leurs destinataires étaient stupéfaites de cette confrontation avec le passé ressuscité. Elle était le médium qui le faisait revenir et le dévoilait à ses élèves, qui l'avaient oublié. Celles qui lisaient les lettres étaient tellement choquées que la plupart n'avaient même pas l'idée de lui répondre.

Certaines cependant réagissaient et lui écrivaient. Elles partageaient une solitude aussi grande que la sienne, une souffrance psychologique qui les terrassait. Elles non plus n'avaient pas de perspectives d'avenir, et seul le retour vers le passé donnait un but à leur vie. Elles formaient une sorte de société secrète.

La sept cent unième lettre était adressée à une élève du nom de Kawauchi Ayako, née en 1930. Yoneko l'avait eue comme élève pendant les deux dernières années de sa scolarité, une période de confusion de l'immédiat après-guerre, où l'enseignement avait été affecté.

Les enseignants de sa génération avaient eu du mal à assimiler les nouvelles méthodes d'éducation imposées par l'armée d'occupation. Ils avaient reçu l'ordre de couvrir d'encre noire les passages des manuels scolaires liés au militarisme, mais d'enseigner des caractères condamnés à disparaître dans la réforme annoncée de l'écriture. Leurs élèves n'avaient pas mis longtemps à percevoir leur apathie et leur impuissance, auxquelles ils résistaient au nom d'une autre nouveauté, la liberté. Yoneko avait tenté de rétablir son autorité d'enseignante à une seule occasion. Presque toutes les élèves portaient alors des chaussettes de coton noir avec leur uniforme de lycéenne, à l'exception de celles qui n'avaient pas les moyens de s'en procurer. On voyait encore des femmes en *mompei*, ce pantalon de toile bouffant qui était de rigueur pendant la guerre. Kawauchi Ayako avait été la première élève à mettre des bas en nylon, qui étaient alors une précieuse monnaie d'échange au marché noir. Lorsque Yoneko les avait vus briller de leur bel éclat sur les jolies jambes de son élève, une violente colère s'était emparée d'elle. Mais rien ne serait peut-être arrivé si Ayako ne s'était assise en croisant les jambes, une attitude jugée inconvenante et grossière pour une femme avant l'arrivée de l'armée d'occupation. Avec le recul, ce n'était pas bien méchant, mais sur le moment, Yoneko n'avait pu retenir sa colère.

Tout ce qu'elle avait refoulé jusqu'alors s'était exprimé dans une attaque contre ces bas en nylon. Parfaitement consciente de la faiblesse de son argument fondé sur une vision morale de la féminité déjà dépassée, elle avait hurlé que cette tenue était strictement interdite. De retour chez elle, elle avait eu peur qu'Ayako décide de ne pas venir au lycée le lendemain, et profondément regretté de s'être emportée au point de perdre le contrôle d'elle-même.

Le lendemain, Ayako s'était présentée avec les mêmes bas que la veille. Quelques jours plus tard, plusieurs lycéennes dont les parents s'étaient enrichis au marché noir l'avaient imitée, et bientôt c'était devenu la mode dans la classe. Yoneko n'avait plus l'énergie de faire la morale à des élèves presque adultes, et n'avait plus jamais évoqué cette histoire de bas avec elles. Il en avait été question une fois lors d'une réunion d'enseignants, mais à ce moment-là, on tolérait déjà que les collégiennes se laissent pousser les cheveux, et les professeurs acceptaient tacitement la perte de leur autorité morale.

Ayako avait donc terminé ses études sans avoir reparlé avec Yoneko des bas. Elle n'avait pas non plus protesté contre la rumeur qui avait couru vers la fin de l'année scolaire, selon laquelle sa grande sœur se prostituait auprès des soldats américains.

Yoneko avait eu des nouvelles de son ancienne élève par la presse, sept ans auparavant, à travers un fait divers. D'après ce qu'elle avait lu, Ayako avait commencé à travailler au PX de Ginza après avoir quitté le lycée, et elle s'était mariée quelques mois plus tard avec un officier de l'armée d'occupation de quinze ans son aîné. Leur fils, George, avait été enlevé. Yoneko s'était dit que son ancienne élève n'avait pas eu de chance dans la vie, et elle s'était sentie en partie responsable. Plus tard, des camarades de classe d'Ayako lui avaient appris que celle-ci avait divorcé. Elle ne savait rien de plus.

Yoneko avait commencé sa lettre à Ayako en lui demandant ce qu'elle faisait maintenant, sans évoquer l'enlèvement, et elle lui avait fait comprendre qu'elle regrettait l'incident des bas nylon. Comme elle ignorait son adresse, elle lui avait écrit à celle figurant dans l'annuaire des élèves sans espérer de réponse. Il n'était pas rare que des lettres lui reviennent parce que la destinataire était inconnue à l'adresse indiquée.

Mais Ayako avait répondu très vite. Elle expliquait qu'elle était retournée vivre chez ses parents et regrettait l'attitude qu'elle avait eue quand elle était son élève. Elle lui soumettait ensuite une requête.

J'imagine que ma démarche vous étonnera, mais je vous demande de bien vouloir être indulgente vis-à-vis de votre ancienne élève dont l'égoïsme est inchangé.

Vous savez sans doute que mon fils unique George a été enlevé. C'était il y a sept ans, mais je n'ai pas connu un seul instant de paix depuis. Chaque jour, je me répète qu'il me faut renoncer, qu'il me faut oublier, mais je garde la conviction que George est vivant. Si j'ai consenti au divorce proposé par mon mari, c'est avant tout parce que je pensais que mon fils était peut-être quelque part au Japon.

Mes parents, chez qui je suis revenue, auraient aimé que je me remarie, mais je n'ai jamais pu l'accepter, pour la même raison.

Bien que j'aie toujours présent à l'esprit mon fils disparu, et que cette pensée me garde en vie, je n'ai jamais trouvé d'indice qui m'aide à le retrouver.

Mon ex-mari s'est occupé des négociations avec le ravisseur au moment de l'enlèvement. Je regrette aujourd'hui de ne jamais avoir entendu sa voix, qui m'aurait probablement donné des pistes. Mais j'étais alors incapable de penser et d'agir de quelque manière que ce soit.

Ma négligence est responsable de ce drame. À l'époque, j'allais quotidiennement me faire soigner les dents à l'hôpital Saint-Marc, où l'on me remplaçait celles de devant, comme le souhaitait mon mari. Ce jour-là, George m'avait accompagnée car il se plaignait d'une carie. Le dentiste l'a soigné le premier, et je l'ai ensuite reconduit à la voiture, car il n'avait pas envie de rester dans la salle d'attente. Mes soins ont duré ce jour-là plus longtemps que d'ordinaire, car le dentiste a eu du mal à prendre les empreintes, et une demi-heure s'était sans doute écoulée quand je suis sortie du cabinet. Je suis immédiatement allée à la voiture, mais George n'y était pas. Il n'y avait personne autour à qui demander si on avait vu mon fils.

George avait alors quatre ans, un âge où l'on commence à manifester sa volonté. C'était un enfant qui ne tenait pas en place, et j'ai d'abord pensé qu'il était allé jouer quelque part.

Je suis retournée dans l'hôpital, d'où j'ai téléphoné à mon mari, mais je n'ai pas réussi à le joindre. À ce moment-là, je pensais encore que George était parti jouer et qu'il reviendrait tôt ou tard à l'hôpital. Ma voix tremblait quand j'ai signalé à l'accueil la disparition de mon fils.

Je suis restée à l'hôpital jusqu'à la tombée de la nuit. Personne n'avait appelé au sujet de George, et je n'avais pas non plus pu joindre mon mari, en dépit de nombreuses tentatives. J'ai alors décidé de rentrer dans notre maison de Den-en-Chōfu, où mon mari est arrivé peu après.

Quand je lui ai appris ce qui s'était passé, il a été anéanti. Il voulait prévenir la police, mais au même moment nous avons reçu le premier appel de cet épouvantable ravisseur. Quelques minutes plus tôt, c'est moi qui aurais décroché, et j'aurais entendu sa voix, mais le sort cruel a voulu que ce soit mon mari qui réponde. J'ai vu son visage se troubler, et il a raccroché après avoir lâché « all right ». *Puis il m'a pris la main et m'a expliqué que nous devions absolument respecter les demandes du ravisseur, parce que la vie de George était en jeu. Je ne m'y suis naturellement pas opposée, car à ce moment-là, je croyais aussi que c'était la meilleure chose à faire. Mon mari avait promis de ne pas prévenir la police et il m'a interdit de le faire. Comme vous le savez, nous avons été trahis par le ravisseur et nous n'avons pas pu compter sur la police. La seule chose que mon mari me répétait, pendant les jours d'angoisse et de tourment où nous attendions l'appel du ravisseur, était de ne pas me faire de souci.*

Plus tard, j'ai reproché à mon mari de ne pas avoir alerté aussitôt la police. Il en a été profondément blessé et, moins d'un an après l'enlèvement de George, nous avons cessé d'être des époux qui se comprennent.

Après notre séparation, mon mari a continué à m'envoyer de l'argent pour vivre, et j'ai cherché dans tous les foyers et jardins d'enfants qui hébergent des enfants de sang mêlé, mais à ce jour mes efforts ont été vains.

C'est un enfant métis, donc différent des autres : il n'y a jamais eu de signalement, ce qui signifie peut-être qu'il est mort, une pensée qui m'est insupportable. Mais c'est ce que répètent les gens autour de moi.

D'ailleurs, la police japonaise qui a mené sa propre enquête n'a apparemment rien trouvé.

J'ai toujours eu la conviction que si George était vivant, il chercherait à me joindre. Mais j'attends en vain, et je suis de plus en plus désespérée.

Pourtant, l'autre jour, alors que je me promenais près de la maison où nous habitions autrefois – je le fais quotidiennement, car je pense que George pourrait y revenir, en s'appuyant sur ses souvenirs –, un jeune garçon qui portait l'uniforme d'une bonne université m'a abordée. Il se souvenait de George et de moi, alors que son visage n'éveillait rien en moi.

Il s'appelle Kurokawa Fumio. C'est le fils d'une femme de ménage qui travaillait autrefois chez nous. Bien qu'il ait quatre ans de plus que George, il jouait souvent avec lui. Il a eu la gentillesse de me prodiguer quelques mots de réconfort et m'a ensuite raconté qu'il était allé récemment à une réunion d'anciens de sa classe de l'école élémentaire, ce qu'il n'avait pas fait depuis longtemps. Voici ce qu'il m'a relaté.

« Tout change, n'est-ce pas ? L'ancien bâtiment a été remplacé par une splendide construction à la charpente métallique, et je ne connaissais pas la moitié des enseignants. Mais l'école a conservé nos dessins, nos interrogations écrites, nos rédactions, qui n'avaient bien sûr pas changé. C'est quand même étrange de vous croiser aujourd'hui, parce que je viens juste de lire une rédaction que j'avais écrite au cours préparatoire, et que j'avais intitulée "Mon ami aux yeux bleus". Il s'agissait de George. »

Il a précisé que, dans cette rédaction, il parlait du fait que nous allions tous les deux nous faire soigner les dents à l'hôpital Saint-Marc. Cela m'a beaucoup étonnée. J'en ai déduit que des gens qui ne nous connaissaient pas avaient pu avoir accès à certaines informations, s'ils avaient lu cette rédaction.

L'institutrice qui avait demandé ce travail s'appelait Ueda Chikako. Elle n'enseigne plus.

Après que j'eus quitté ce jeune homme, cette histoire a continué à me trotter dans la tête. Je n'arrive pas à me défaire de l'idée que la rédaction pourrait être liée à la disparition de George. Bien sûr, je suis consciente que ce n'est peut-être qu'une illusion. Je sais que je suis comme quelqu'un qui s'accrocherait à un fétu de paille alors qu'il est en train de se noyer… Il n'empêche que lorsque j'ai reçu aujourd'hui votre lettre, à laquelle je ne m'attendais pas du tout, j'ai été ébranlée par une seconde coïncidence.

Je vous dois des explications. J'ai vu sur l'enveloppe que votre adresse est la même que celle de l'enseignante dont m'a parlé le jeune Kurokawa. J'ai beau ne pas croire en Dieu, j'y ai lu un signe de la providence divine et j'ai tremblé de tout mon corps.

J'ai eu le pressentiment qu'enfin, sept ans après l'enlèvement de George, la lumière allait se faire.

Ce qui ne signifie pas que je pense que Mme Ueda Chikako est liée à cet enlèvement. Tout ce que j'espère, c'est qu'elle puisse me dire si d'autres personnes ont eu l'occasion de lire cette rédaction.

Voici pourquoi je me permets de vous demander de bien vouloir lui poser cette question, si jamais vous avez l'occasion d'échanger quelques mots avec elle.

Je ne serais pas choquée si vous vous moquiez de cette obsession de la malheureuse mère qui a perdu son fils unique, et je vous prie de pardonner mon égocentrisme.

Ce n'est pas mentir que dire que cette lettre changea la vie de Kimura Yoneko. Après plus de sept cents missives envoyées à ses anciennes élèves pour dissiper son ennui, elle en avait écrit une qui devait marquer pour elle un tournant décisif.

Yoneko connaissait de vue l'ancienne institutrice qui habitait la résidence K, à un étage différent du sien, mais elle ne savait rien d'elle : elle se contentait de la saluer quand elle la croisait.

Dans les jours qui suivirent, elle obtint des gardiennes et de certaines résidentes les informations suivantes : Ueda Chikako avait cessé d'enseigner dans l'école fréquentée par Kurokawa Fumio six ans plus tôt, parce qu'elle allait se marier, mais ce mariage ne semblait pas avoir eu lieu.

Elle passait sa vie enfermée dans son studio et, d'après ses voisines du troisième étage, s'exprimait bizarrement depuis quelques années. On murmurait que sa santé mentale était défaillante.

Yoneko conclut qu'il était impossible de la questionner. Du reste, elle semblait refuser les contacts, et sans doute y avait-il à cela une raison. Yoneko prendrait le temps de la découvrir…

Elle envoya une réponse par courrier express à Kawauchi Ayako pour lui demander de lui accorder sa confiance. « Vos tourments sont les miens », écrivait-elle. Mais comment faire ? Il aurait fallu se rendre dans le studio d'Ueda Chikako, mais elle ne voyait pas comment procéder.

Tous les matins à 10 heures, elle sortait de chez elle avec une lettre pour une ancienne élève – elle continuait à leur écrire, avec un enthousiasme moindre. Chaque fois qu'elle passait devant la loge, elle enviait les gardiennes qui disposaient du passe-partout, le sésame donnant accès à tous les logements de la résidence K.

*

La gardienne Tōjō était de service. Arrivée au rez-de-chaussée, Kimura Yoneko s'arrêta devant la loge et se pencha vers elle ; tête baissée, elle paraissait lire un livre posé sur ses genoux. Le passe-partout avec son étiquette attachée par un ruban rouge était en évidence au milieu du bureau. Après la mésaventure de Yatabe Suwa, le comité d'administration avait modifié le règlement, qui exigeait que dorénavant le passe-partout soit toujours visible.

« Excusez-moi de vous déranger, mais je voudrais vérifier le total des sommes collectées au troisième pour le gaz le mois dernier », dit-elle. Yoneko était déléguée de son étage pour le trimestre. « Mme Suzuki pense qu'il doit y avoir une erreur dans son relevé, le montant est trop élevé, alors que celui du mois précédent était normal.

— Bien sûr, je vais vous le chercher. »

La gardienne se leva et alla récupérer une boîte au fond de la loge. Le passe-partout était à portée de main. Une occasion unique de procéder à une substitution. Yoneko tendit doucement le bras.

L'avant-veille, la gardienne Tōjō était arrivée alors qu'elle rôdait devant la porte d'Ueda Chikako au quatrième étage. Comme ce logement était situé presque au bout du couloir, elle n'avait pas pu s'enfuir et avait bafouillé une explication : elle était souffrante et voulait voir si quelqu'un pouvait la remplacer. Or, la gardienne Tōjō cherchait justement quelqu'un qui pourrait l'accompagner car elle devait se servir du passe-partout. Le nouveau règlement stipulait que seule la voisine immédiate ou une personne appartenant au comité d'administration était qualifiée pour ce rôle.

La gardienne Tōjō avait donc prié Yoneko de bien vouloir venir avec elle. Yamafuji Haru, la voisine d'Ueda Chikako, qui occupait le dernier studio au bout du couloir, avait téléphoné pour demander qu'on aille vérifier si elle n'était pas sortie en laissant sa plaque électrique allumée. Lorsque Yoneko entra avec la gardienne Tōjō, la bouilloire posée sur la plaque allumée crachait de la vapeur.

« Même s'il n'y a pas de risque d'incendie, c'est du gâchis d'électricité et d'argent, n'est-ce pas ? Mme Yamafuji m'a dit qu'elle était sortie donner des cours de japonais à des étrangers, mais à ce qu'il paraît, elle est femme de ménage dans un cinéma», annonça la gardienne en débranchant la plaque.

Une habitante de la résidence avait croisé quelqu'un qui ressemblait beaucoup à Yamafuji Haru, le chiffon à la main, dans les toilettes d'un cinéma, et cette femme s'était aussitôt dérobée à son regard, avec un embarras visible.

Yoneko, qui connaissait à peine Yamafuji Haru, avait entendu parler de sa passion pour la Foi des trois esprits, la nouvelle religion. Elle se souvenait aussi de sa remarquable chevelure, entièrement blanche, qui lui donnait l'air d'un personnage de fantôme malveillant du théâtre Kyōgen.

Elle resta dans l'entrée, car il aurait été impoli de s'intéresser au domicile d'autrui, mais elle aperçut au fond de la pièce un rideau noir devant lequel se trouvait ce qui ressemblait à un autel garni d'étranges talismans et d'offrandes de carafes à saké. Une forte odeur d'encens flottait dans l'air, ce qui n'avait rien d'étonnant pour une adepte de la nouvelle religion. Cependant, l'anecdote de la plaque électrique laissée allumée tempérait de ridicule le sérieux du logement et le personnage de fantôme effrayant.

«C'est très bien que les résidentes n'hésitent pas à nous demander d'intervenir. Mieux vaut ça qu'arriver trop tard, comme avec Mme Ishiyama, remarqua la gardienne Tōjō en verrouillant la porte.

— Ce passe-partout, c'est tellement utile ! Pouvoir ouvrir toutes les portes grâce à cette seule clé…, répondit distraitement Yoneko, obnubilée par l'objet.

— C'est bien pour ça que c'est très embêtant lorsqu'il disparaît. Ou quand on le retrouve dans une serrure, comme l'autre jour chez Mme Yatabe. J'ignore qui l'avait mis là, mais c'était vraiment étrange. Nous, les gardiennes, nous y faisons très attention, et pourtant… La personne qui a conçu ce bâtiment était vraiment un novateur. On se perdrait dans les clés, si on devait avoir des doubles pour les cent cinquante logements de la résidence. Une même clé pour tous, il fallait y penser ! La seule différence entre le passe-partout et une clé ordinaire, c'est cette coche au bout, vous voyez ? »

La gardienne Tōjō lui montra ce détail, offrant ainsi une réponse aux questions que n'osait poser Yoneko. D'après elle, la résidence K était le premier bâtiment au Japon à avoir utilisé un passe-partout. C'était parfait pour un endroit destiné aux jeunes femmes célibataires.

Kimura Yoneko avait réfléchi longuement au moyen de se procurer le précieux sésame. Voler le passe-partout durant la journée était impossible, avec le nouveau règlement. Mais pour le voler la nuit, il aurait fallu forcer la serrure de la loge et celle de l'armoire métallique. Et si Yoneko plaidait honnêtement sa cause face aux gardiennes en expliquant la situation et en leur demandant de lui confier le passe-partout ? On lui opposerait la nécessité d'obtenir l'accord du comité d'administration, dont une membre ne manquerait pas de soulever une quelconque objection, par exemple, l'atteinte au droit à la vie privée. Il ne restait qu'une méthode, la prestidigitation. Elle avait vu le passe-partout de près pour la première fois de sa vie au moment où la porte de Yamafuji Haru s'était ouverte : ce n'était qu'une clé patinée, ordinaire, semblable à toutes les autres clés de la résidence. Ce qui la distinguait, c'était l'étiquette en bois qui lui était attachée par un ruban rouge. Sa propre clé était très semblable. La partie qu'on introduisait dans la serrure paraissait légèrement différente, mais le reste, taille, forme, couleur, était parfaitement identique. Avec une étiquette en bois et un ruban rouge, l'illusion fonctionnerait parfaitement. Le ruban, c'était simple ; l'étiquette, plus compliqué. Tout d'abord parce que celle-ci portait les marques des années, ce qui serait difficile à reproduire en un jour. Toutefois, l'étiquette en bois de la clé du placard des toilettes, qui y était toujours accrochée, avait la même taille. Elle avait fait semblant d'aller à celles du premier étage et en avait rapporté l'étiquette et le ruban. Puis elle avait sali le ruban, qu'elle avait attaché à sa clé avec l'étiquette des toilettes. Il s'agissait maintenant de détourner l'attention de la gardienne pour échanger le passe-partout avec sa propre clé, en veillant à placer l'étiquette à l'envers. Il suffirait que la gardienne soit dupe cinq minutes. Si Yoneko était accusée, elle n'aurait qu'à nier, ou à affirmer que la substitution avait été faite à son insu, qu'elle n'avait rien remarqué car sa porte s'ouvrait normalement : on chercherait alors le coupable ailleurs, en accusant la personne qui avait déjà volé le passe-partout une première fois.

Yoneko, dont la main se rapprochait du passe-partout, se figea soudain. La gardienne Tōjō venait de se retourner vers elle.

« Le relevé est dans cette boîte ? »

Elle avait posé la question en tendant vers cet objet le doigt de sa main qui flottait dans le vide. Je m'en suis bien sortie, se dit-elle, même si sa voix avait pris un ton suraigu.

« Oui, ils sont rangés avec le journal de bord, mais il y en a tellement…, précisa la gardienne en se penchant vers la boîte.

— Je peux vous aider ?

— Oui, si vous voulez bien. Entrez donc. »

Elle accepta, l'air de rien. Procéder à l'échange serait plus facile à l'intérieur. C'était la première fois qu'elle pénétrait dans la loge, et tout lui parut bien rangé. Un livre ouvert était posé à l'envers sur la chaise tournante du bureau. Constater que, comme elle le soupçonnait, la gardienne Tōjō lisait pendant son service lui donna envie de rire. Elle aimait les lecteurs et était curieuse de savoir ce que la gardienne lisait, mais le titre de l'ouvrage était dissimulé par une couverture en papier.

« Le relevé se trouve dans ce tiroir, dit la gardienne juste avant que le téléphone se mette à sonner. Je peux vous demander de regarder ? » reprit-elle en soulevant le combiné après avoir placé le tiroir sur le bureau.

Yoneko sortit une liasse de relevés et commença à tourner les pages. Elle trouva presque immédiatement celui qu'elle cherchait, mais fit comme si de rien n'était.

« Un instant, s'il vous plaît. Je vais aller voir. Mme Munakata, au premier, n'est-ce pas ? »

La gardienne posa le combiné sur la table, parut hésiter une seconde, puis quitta le bureau en laissant son livre et le passe là où ils étaient, offrant à Yoneko une occasion unique et inespérée. Yoneko sortit de sa poche sa clé, à laquelle elle avait attaché la veille l'étiquette en bois du placard des toilettes, et la mit sur la table pour la comparer avec le passe-partout. Le ruban rouge paraissait trop neuf, mais le reste était quasiment identique. La différence était imperceptible.

Elle détacha le passe-partout et le glissait dans sa poche quand elle eut l'idée de changer aussi l'étiquette. Avait-elle le temps ? Si elle réussissait, elle pourrait garder le passe-partout bien plus longtemps.

Elle décida de tenter sa chance et dénoua le ruban du passe-partout, non sans difficulté car le nœud était serré. Ses mains ne tremblaient même pas. Mais l'autre ruban, qu'elle avait attaché la veille, résistait. Elle s'exhorta à rester calme. Le nœud lui paraissait de plus en plus impossible à défaire. Alors qu'elle s'apprêtait à renoncer, il céda sous ses doigts. Impossible de reculer à présent. La seule chose à faire était de passer dans sa propre clé le ruban de l'étiquette du passe-partout.

Des bruits de pas lui parvinrent de l'escalier. La gardienne redescendait. Yoneko glissa la clé et l'étiquette en bois dans le tiroir et enfila le ruban dans le trou en faisant semblant de chercher le reçu. Ses doigts tremblaient un peu ; il lui fallut s'y reprendre à trois fois, mais elle finit par réussir.

Les pas de la gardienne s'arrêtèrent devant la porte, qui s'ouvrit. Yoneko perçut le regard sur son dos. Le ruban n'était pas encore noué. Si elle le retirait maintenant, l'opération tout entière échouait. Cherchant de la main droite les reçus, elle cacha de la gauche la clé et l'étiquette, retenant le ruban entre le pouce et l'index. Elle n'avait plus qu'à faire une dernière boucle pour le double nœud. La gardienne s'approcha et prit le combiné.

« Allô ? Mme Munakata est souffrante, elle ne peut pas descendre vous parler… Oui, s'il vous plaît. Je lui transmettrai. »

Elle se tourna vers Kimura Yoneko :

« Mme Munakata est vraiment particulière. Elle ne se préoccupe absolument pas des autres, commenta-t-elle, légèrement irritée par le refus de la résidente de descendre prendre l'appel.

— Ah, ça y est, j'ai trouvé le reçu de Mme Suzuki ! Je vais remettre le tiroir à sa place », dit Yoneko en le soulevant, avant de le renverser par terre comme par maladresse.

La gardienne se pencha vers le sol et commença à ramasser les feuillets. Yoneko en profita pour finir son nœud et reposer la clé sur le bureau.

« Je suis désolée. Quelle idiote je fais ! » s'exclama-t-elle, avec emphase.

Elle ramassa également le livre, dont elle tapota le dos. Le titre la surprit : *Les Mots du monde des esprits*. Un instant, l'expression de la gardienne sembla changer alors qu'elle regardait Yoneko, puis le passe-partout sur le bureau. Mais comment deviner ce que Mme Tōjō pensait ? Yoneko la remercia précipitamment et quitta le bureau avec le reçu du gaz.

La substitution ne fut révélée que quelques jours plus tard, à cause de l'intoxication au gaz de Munakata Toyoko. Mais peut-être les gardiennes avaient-elles remarqué que le vrai passe-partout avait disparu, et décidé de garder le silence de peur de se voir reprocher leur négligence ?

*

Une semaine après la substitution, le comité d'administration fut convoqué pour une réunion extraordinaire.

Dans l'intervalle, Yoneko avait cherché à entrer chez Ueda Chikako, au quatrième étage. Mais la rumeur disait vrai : elle ne quittait que rarement son studio. Elle faisait ses courses une fois par semaine, achetant principalement des conserves. Impossible de savoir à quoi elle consacrait son temps chez elle. Yoneko n'eut donc aucune occasion d'user du passe. Et sans doute la substitution serait-elle restée secrète si les gardiennes n'avaient pas eu besoin de leur sésame à la suite d'une fuite de gaz dans le studio de Munakata Toyoko, au premier étage.

Trois jours avant cette réunion, Munakata Toyoko avait failli mourir car la flamme du radiateur à gaz qu'elle utilisait s'était éteinte pendant son sommeil, aux petites heures du matin.

En se rendant aux toilettes pendant la nuit, sa voisine avait noté la forte odeur de gaz venant de la fenêtre, au-dessus de la porte de Munakata Toyoko. Heureusement, le gaz ne fuyait pas depuis longtemps, et il n'y avait pas eu de conséquences dramatiques. Mais la gardienne Tamura, à peine réveillée à la suite de l'alerte, s'efforça en vain d'ouvrir la porte avec son passe-partout, ce qui suscita beaucoup d'émoi. Persuadée que la serrure refusait de s'ouvrir parce qu'elle s'y prenait mal, elle s'entêtait, le front couvert de sueur… Elle finit par comprendre que ses efforts resteraient vains et appela les pompiers qui arrivèrent très vite. Ils posèrent leur échelle contre le mur et cassèrent une fenêtre pour entrer, sauvant la vie de Munakata Toyoko qui respirait faiblement.

Les choses auraient pu en rester là, mais une violente bourrasque fit s'envoler les feuillets entassés sur le bureau.

Les voisines, qui savaient ce manuscrit précieux, s'empressèrent de les rassembler. Elles remarquèrent alors qu'entre des formules compliquées y figuraient aussi des cercles et des triangles enfantins, et même des gros mots. Troublées, elles commentèrent leur découverte à voix basse. Bientôt une rumeur affirmant que le manuscrit n'était pas l'œuvre du défunt professeur mais de sa veuve qui n'avait plus toute sa tête se répandit dans la résidence.

Yoneko en eut vent. Déjà consternée à l'idée d'avoir failli causer la mort d'une femme, elle fut accablée d'apprendre que son geste avait exposé à la vue de toutes les résidentes la raison de vivre de Munakata Toyoko. À ses yeux, il n'y avait aucune différence entre ce que faisait la veuve en recopiant le manuscrit laissé par son mari et les lettres qu'elle envoyait à ses anciennes élèves pour échapper à la vacuité de sa vie. Contrairement aux autres habitantes, elle ne trouvait pas Toyoko ridicule.

« À ce qu'il paraît, elle recopiait même les ronds, les triangles et les *x* majuscules », gloussa sa voisine, l'autre déléguée du premier étage.

Munakata Toyoko aimait à répéter qu'elle continuait les recherches de son mari ; son arrogance avait dû offenser cette femme, une enseignante de primaire qui ne parlait que de ces feuillets éparpillés.

« Mais les recherches du mari de Mme Munakata ne portaient pas sur les carrés ou les triangles, finit par lâcher Yoneko, excédée. Je ne connais rien aux mathématiques, mais aux yeux des mathématiciens, même les roues des voitures qui roulent dans la rue ne sont pas rondes, elles ont des centaines d'angles, non ? Vous devez savoir qu'ils considèrent les cercles comme des corps comportant plusieurs angles. »

Elle défendit la veuve comme elle le put, avec cet argument hasardeux avancé jadis par un jeune professeur de mathématiques volubile, qui pérorait près du poêle de la salle des professeurs de son lycée.

« Vous avez raison. Les chercheurs se conduisent comme des enfants. Mon défunt mari utilisait sans cesse des mots de grec ancien quand il parlait, ce que n'aurait jamais fait un adulte normal », approuva une autre personne du comité, une des déléguées du rez-de-chaussée, qui travaillait dans un musée.

La réunion se tenait comme toujours dans le parloir qui se trouvait à cet étage, une pièce qui servait rarement. Tout était un peu poussiéreux et sentait le moisi. Quelqu'un avait posé sur la table une théière, des gobelets à thé et un sachet de sucreries.

Il était 18 h 10, la réunion aurait dû démarrer depuis dix minutes mais la présidente était en retard. Son travail de sténographe à la mairie en faisait l'une des femmes les mieux payées de la résidence. Elle aimait s'occuper des autres et présidait le comité depuis cinq ans. Celui-ci était composé de onze personnes, deux déléguées par étage – l'une élue pour un an, l'autre occupant sa fonction par roulement pour un trimestre – et la présidente, dont le mandat était annuel. Les réunions ne rassemblaient d'ordinaire que cinq ou six personnes, un tiers environ des déléguées ayant généralement un empêchement.

Mais cette réunion extraordinaire avait suscité plus d'intérêt : seules manquaient la déléguée élue de l'étage de

Kimura Yoneko et la trimestrielle du quatrième, absente car elle accompagnait un voyage scolaire.

Six mois plus tôt, les réunions étaient presque quotidiennes, la participation parfaite, et les discussions passionnées. Le déplacement de l'immeuble occupait toutes les conversations. Le projet avait fini par être approuvé, et les travaux commenceraient dans moins de dix jours.

La porte s'ouvrit brusquement et la présidente, Tanigawa Yōko, une petite femme un peu forte, boudinée dans un tailleur d'homme, entra, une serviette sous le bras.

« Désolée de vous avoir fait attendre. J'ai dû m'occuper de questions liées au déplacement du bâtiment. » Elle s'assit à sa place, déposa sur la table des documents sortis de sa serviette et déclara la réunion ouverte. « Vous n'êtes pas sans savoir que les travaux commenceront la semaine prochaine et qu'ils entraîneront certains dérangements pour nous. Ils seront bruyants, il y aura aussi beaucoup de poussière. L'ensemble des résidentes ont approuvé ce projet essentiel pour l'aménagement de notre arrondissement, puisqu'il s'agit de l'élargissement d'une de ses principales voies de communication, et nous devrons toutes faire preuve de tolérance. Je tiens cependant à rappeler que nous veillerons à ce que les ouvriers ne nous importunent pas en se promenant à l'intérieur de notre immeuble. D'autant que la disparition du passe-partout suscite déjà de l'inquiétude quant à la sécurité de chacune. La résidence K a été créée dans le but d'améliorer la position des femmes dans la société et de garantir le respect de leur intimité. On ne peut que déplorer la disparition du passe-partout, cette petite clé qui nous protégeait toutes ! »

Elle poussa un soupir théâtral et conclut son introduction : il fallait décider d'une façon de se comporter avec les ouvriers qui entreraient dans le bâtiment pour les travaux, et évoquer un autre point important, le passe-partout disparu. Elle fit ensuite tourner le thé et les sucreries autour de la table.

« On ne peut éviter que les ouvriers entrent chez les résidentes si c'est nécessaire pour les travaux, dit la déléguée permanente du deuxième étage, une femme employée depuis si longtemps dans une agence de voyages qu'elle venait de recevoir la médaille du travail.

— Au contraire ! Il faut refuser qu'ils viennent sous n'importe quel prétexte. Nous avons déjà été trop tolérantes avec les chats. Et maintenant, nous acceptons que des gens louches démarchent ici pour prêcher une religion douteuse ! » répliqua l'élue du premier étage, qui avait été la première Japonaise à devenir chef de service dans une grande entreprise.

La voisine de droite de Yoneko, Iyota Tomiko, qui était déléguée du rez-de-chaussée pour ce trimestre, frémit. Elle se sentait doublement visée : elle avait un chat, et cette attaque contre la Foi des trois esprits dont elle venait d'être nommée représentante dans la résidence K lui paraissait intolérable.

« J'exige que ces propos soient retirés. Qualifier le fondateur de la Foi des trois esprits de "louche" est insupportable ! Et je ne suis pas la seule à avoir un chat ! Si je trouve une crotte du mien quelque part, je m'en occupe immédiatement. » Elle s'arrêta pour reprendre son souffle, avant de continuer, un ton plus bas : « On peut médire des chats, mais certainement pas du fondateur sans en subir de conséquences ! »

Sa voisine, la déléguée élue du rez-de-chaussée, tira sur sa manche pour la calmer. Sans accorder un regard à celle du premier, Tomiko se rassit en marmonnant. La présidente la fit taire et donna la parole à la déléguée du quatrième, qui travaillait au bureau de l'aide sociale.

« Lorsqu'on déplacera l'immeuble, il faudra modifier la tuyauterie de l'eau et du gaz, ainsi que l'installation électrique. Cela ne prendra pas longtemps, mais il ne sera sans doute pas possible de refuser l'accès de nos logements aux ouvriers. Ces hommes n'ont aucune mauvaise intention, mais si cela inquiète l'une d'entre nous, il suffira qu'elle demande à une des gardiennes d'être présente.

— Moi, j'ai entendu dire qu'il y a souvent parmi ces ouvriers des gens qui ne se gênent pas pour inspecter en détail les logements ou insister pour qu'on leur offre du thé », déclara la déléguée tournante du premier étage.

La discussion se poursuivit, et il fut décidé que, tant que dureraient les travaux, une déléguée serait chargée de la surveillance pour éviter que des voleurs ne se glissent parmi les ouvriers.

« Elle sera identifiée par un brassard : cette surveillance sera d'autant plus efficace qu'elle sera visible. Il faudrait aussi qu'elle soit armée d'un bâton », résuma la présidente, sur le ton de la plaisanterie.

La déléguée du premier étage rappela froidement qu'une autre question s'imposait.

« Comme l'a souligné la présidente, le but initial de la résidence K était de protéger la vie privée de ses habitantes, et j'aimerais que le démarchage pour la nouvelle religion ne soit plus toléré. Plusieurs résidentes du premier ont été importunées. Je propose que l'on contrôle ces agissements de près.

— Mais que dites-vous là ? La liberté religieuse est protégée par la Constitution. La Foi des trois esprits ne forcera jamais personne. J'aimerais que vous donniez les noms de toutes les personnes qui ont été importunées.

— Très bien, aucun problème. Il y a d'abord Mme Munakata, qui a été la victime d'une intoxication au gaz. Il est inadmissible de répandre le bruit que cela lui est arrivé parce qu'elle ne veut pas entrer dans cette secte.

— C'est parce qu'elle a blasphémé contre le fondateur de la nouvelle religion ! Lors de notre dernière réunion, elle s'est opposée à tout ce qu'il disait et l'a ridiculisé, alors qu'il lui expliquait la Voie avec une grande bienveillance. Le fondateur lui a prédit que son arrogance serait châtiée, et c'est ce qui s'est passé.

— Vous êtes amusante, vous ! À vous entendre, elle a été punie. Moi, je trouve bizarre qu'un chauffage à gaz, même laissé allumé toute une nuit, s'éteigne sans qu'un coup de pied ait fait se détacher le tuyau de l'arrivée du gaz. Ça ne serait pas plutôt parce que quelqu'un avait fermé la manette du gaz avant de la rouvrir ? »

Ces manettes se trouvaient à l'extérieur des logements. On pouvait donc les fermer ou les ouvrir du dehors, ce qui représentait un danger pour quiconque s'endormait en laissant le chauffage allumé.

La première fois qu'elle avait entendu parler de l'accident, Yoneko avait eu la même suspicion. La réponse de la déléguée adepte de la Foi des trois esprits l'intéressait donc.

Cette dernière se leva à nouveau. Sa tension était telle que ses joues étaient agitées de tressaillements nerveux.

« Vous ne savez rien, alors taisez-vous ! Les pompiers ont cherché à comprendre ce qui s'était passé, et ils ont établi que la flamme avait été éteinte par l'eau de la bouilloire posée sur le chauffage qui a débordé quand elle a bouilli, enfin ! Vous voulez que la Foi des trois esprits soit coupable ? Si vous continuez à médire ainsi, je porterai plainte pour diffamation ! »

L'emportement de l'adepte était tel qu'elle postillonnait sur Yoneko.

« Le robinet du chauffage n'était qu'entrouvert, il me semble. J'ai du mal à croire que cela ait pu faire déborder la bouilloire », rétorqua l'autre déléguée du premier.

Devant ce conflit, on décida de procéder à un vote pour déterminer si la propagande religieuse était autorisée dans la résidence. Quatre personnes étaient d'accord avec la déléguée du premier, deux avec la représentante de la Foi des trois esprits. Une autre s'abstenait. Le vote de Kimura Yoneko était donc décisif. Si elle votait pour ne pas donner cette autorisation, il y aurait une majorité en ce sens, et dans le cas contraire, la résolution ne serait pas adoptée.

Elle hésita en regardant son bulletin de vote. Les autres membres élus avaient déjà rempli et replié le leur. Les yeux de sa voisine, représentante de la nouvelle religion, étaient fixés sur sa main, qui se raidit sans qu'elle comprît pourquoi. Elle vota pour l'autorisation et la résolution ne fut pas adoptée.

Deux heures s'étaient déjà écoulées depuis le début de la réunion, lorsque la discussion porta enfin sur le dernier point crucial.

« J'ai du mal à croire qu'une autre clé ait pu être substituée au passe-partout alors que ce dernier n'a pas quitté le bureau de la loge », dit la présidente avant de dévisager chacune des présentes.

Le regard qu'elle adressa à Yoneko lui fit baisser les yeux.

« L'autre jour, quand on l'a retrouvé dans le studio de Mme Yatabe, reprit-elle, c'était déjà incroyable. J'aimerais que les gardiennes montrent, au-delà des discours, un certain sens de leurs responsabilités. Nous venons de modifier le règlement : le passe-partout doit se trouver sous leur surveillance constante et être accessible. Comment peuvent-elles nous dire que la clé attachée à l'étiquette n'était pas la bonne ? Si elles avaient correctement surveillé le passe-partout, elles auraient dû remarquer cette substitution, n'est-ce pas ? Nous ne pouvons pas accepter qu'elles se défendent en invoquant une puissance surnaturelle. Mon propos n'est pas de revenir sur ce qui est arrivé, mais de demander à chacune d'entre nous de chercher le passe-partout, et d'être prête à dénoncer la personne qui sème le trouble dans notre résidence. »

La présidente se tut et renversa sur la table le contenu de l'enveloppe qu'elle y avait posée. Elle saisit la clé de Yoneko et la brandit.

« C'est cette clé qui était attachée à l'étiquette du passe-partout ! Il s'agit selon toute vraisemblance de la clé d'un des logements de la résidence et, grâce à elle, nous devrions retrouver sa propriétaire. Qu'en dites-vous ?

— Même si vous avez raison, comment faire pour l'identifier ? demanda la déléguée permanente du rez-de-chaussée.

— Nous pourrions bien sûr exiger de chaque résidente qu'elle nous montre la sienne, du quatrième au rez-de-chaussée, mais nous sommes nombreuses, et cela prendrait du temps. De plus, nous n'agirons pas comme des policiers, ce serait abusif. Je propose donc que les déléguées l'essaient dans les serrures de leurs étages respectifs. L'occupante du studio auquel correspond la clé devra répondre à nos questions, déclara la présidente d'une voix excitée, laissant paraître son enthousiasme.

— Vous ne pensez pas qu'il soit possible que plusieurs logements aient des clés identiques, étant donné leur nombre ? interrogea d'un ton posé la déléguée du quatrième.

— Eh bien… Vous avez raison, mais je pense que nous devons quand même essayer. Bien sûr, si vous avez une meilleure idée, je suis prête à renoncer à la mienne, mais… »

Il y eut une nouvelle discussion animée, mais la proposition de la présidente finit par être adoptée.

« Nous commencerons dès demain. À partir du quatrième étage, si vous en êtes d'accord. Et je vous demande de procéder avec prudence, afin de ne pas indisposer les résidentes.

— Cela ne pose pas de problèmes pour celles qui travaillent à l'extérieur, mais comment faire pour les habitantes qui restent chez elles ? s'enquit, d'un ton hésitant, une déléguée du deuxième.

— Dans ce cas, je vous demande d'inventer quelque chose comme "Cette clé ne serait-elle pas la vôtre, par hasard ?" en essayant de savoir si l'habitante est toujours en possession de la sienne. Je crois que nous avons épuisé l'ordre du jour. Nous nous retrouverons la semaine prochaine », conclut la présidente en parlant vite pour ne laisser à personne le temps d'ajouter quelque chose.

Elle se leva et quitta le parloir.

Dans le couloir, la représentante de la Foi des trois esprits vint trouver Yoneko.

« Vous savez, tout à l'heure, c'est l'âme du fondateur qui a influencé la vôtre en notre faveur ! lui dit-elle d'un ton doucereux. Venez donc à nos réunions... Cela résoudra tous vos problèmes. Surtout si vous êtes à la recherche de quelque chose que vous avez perdu... C'est le cas de Mme Yatabe, du premier étage, qui va recevoir une révélation la semaine prochaine. Le maître va l'aider. Vraiment, soyez des nôtres, au moins une fois ! »

Yoneko répondit évasivement en se dirigeant vers l'escalier. Le sujet n'était pas sans l'intéresser, mais elle était bien plus préoccupée par la décision du comité d'introduire sa clé dans les serrures de tous les logements de la résidence.

Si tout se déroulait comme prévu, le tour du troisième étage arriverait après-demain. D'ici là, la déléguée élue, Nakagawa Yasuko, serait revenue à Tokyo. Elle devrait l'accompagner quand elle essaierait la clé dans toutes les portes de l'étage, y compris la sienne.

En montant l'escalier, elle commença à regretter d'avoir procédé si légèrement à l'échange. Emportée par son émotion, elle avait agi comme une idiote.

7

La Foi des trois esprits

Après le dîner, les bruits de vaisselle venus de la cuisine commune ayant cessé, les résidentes rentrèrent chez elles et un étrange calme gagna le couloir désert. De temps en temps, les éclats de voix de la radio, le son aigu d'une trompette, interrompaient brièvement ce silence.

Deux jours avaient passé depuis la réunion extraordinaire du comité. Il était environ 20 heures lorsqu'une silhouette s'approcha furtivement de la porte de Yoneko, à laquelle elle frappa légèrement.

Assise à son bureau, cette dernière écrivait à la lumière de sa lampe sa troisième lettre à Kawauchi Ayako. Après lui avoir raconté comment elle avait pris le passe-partout pour pénétrer dans le logement d'Ueda Chikako, elle en était au récit des événements de la journée.

Aujourd'hui, c'était le tour de mon étage. Nous étions trois, la gardienne Tamura, Mme Nakagawa, la déléguée élue, et moi, à essayer successivement la clé dans les serrures de l'étage. Imaginez, Ayako, mon état d'esprit lorsque nous arrivâmes à la mienne. Je dois vous avouer que je n'avais pas décidé de la façon de procéder. Si quelqu'un d'autre que moi s'en chargeait et que la porte s'ouvrait, je comptais me montrer aussi étonnée que les autres. Par bonheur, il était convenu que c'était moi qui le ferais, et j'ai enfoncé la clé dans ma serrure en feignant l'indifférence. Vous imaginez combien j'étais troublée ! Mais j'ai vraiment joué la comédie. J'ai fait semblant, avec beaucoup de conviction, de ne pas arriver à la faire tourner. J'en avais des sueurs froides...

On frappa de nouveau à sa porte. Elle posa son stylo avec un *tss* irrité et alla dans l'entrée.

« Qui est là ? »

Pas de réponse. Yoneko entrouvrit la porte, une bouffée d'air froid s'engouffra chez elle, et elle entendit une voix bizarrement étouffée mais ne vit personne.

« Vous êtes madame Kimura, n'est-ce pas ? Ce soir, à 20 h 30, il y aura une révélation. Votre présence étant exceptionnellement autorisée, nous vous prions d'y assister. Ce sera chez Mme Iyota, au rez-de-chaussée. »

La voix se tut et la porte de Yoneko se referma sans lui laisser le temps de répondre.

La silhouette qui gagna l'escalier en silence, d'une démarche hésitante, était grande comme un enfant, mais sa tête était celle d'une adulte. C'était une naine.

Avant d'arriver au quatrième et dernier étage, elle s'arrêta sur le palier intermédiaire et, à la faible lumière de l'ampoule nue, ouvrit un carnet pour rayer le nom de Kimura Yoneko sur sa liste.

Ainsi éclairé, son visage aux traits réguliers était d'une beauté que ni sa voix ni sa silhouette n'auraient permis d'imaginer. C'était celui d'une jeune femme aux longs cheveux noirs et brillants, noués en deux couettes. La blancheur inouïe de sa nuque était sans doute due à une épaisse couche de poudre, et ses vêtements, un kimono blanc avec un long tablier rouge, étaient ceux d'une *miko*, c'est-à-dire une desservante de sanctuaire shinto.

Elle referma son carnet et consulta la montre qu'elle portait à son bras d'enfant, qui n'allait pas du tout avec sa tenue. Vingt heures, passées de quelques minutes. Elle repartit, arriva au quatrième, où elle poussa la dernière porte du couloir, celle de Yamafuji Haru, la voisine d'Ueda Chikako, avec une familiarité qui montrait qu'elle connaissait bien l'endroit.

L'occupante du logement était agenouillée devant l'autel dans la pièce obscure. À la lueur tremblante de la lanterne, chacun de ses longs cheveux blancs brillait d'un éclat argenté, comme s'ils avaient été plantés sur sa tête un par un. La naine alla s'agenouiller à côté d'elle, s'inclina deux ou trois fois profondément, et se colla à sa voisine en rapprochant son beau visage de son oreille. Elles se parlèrent longtemps à voix basse.

Une vingtaine de minutes plus tard, juste avant le début de la réunion au rez-de-chaussée, la naine sortit de la pièce. Elle dévala l'escalier. C'est à ce moment que Kimura Yoneko aperçut pour la première fois l'étrange créature habillée en *miko*. Une fois sa lettre terminée, elle s'était demandé si elle irait à la réunion de la Foi des trois esprits et avait décidé qu'elle descendrait quoi qu'il en soit jusqu'à l'entrée de la résidence. La gardienne Tamura, qui avait été de service pendant la journée, était encore assise au bureau de la loge.

Elle expliqua à Yoneko qu'elle remplaçait sa collègue qui avait dû s'absenter pour une urgence.

« J'ai appris que la fameuse clé ne rentrait dans aucune serrure du quatrième ou du troisième, mais je suis sûre que demain, elle ouvrira une des portes du deuxième ! » s'exclama-t-elle.

Appuyée au guichet, Yoneko l'écoutait distraitement. En voyant la naine apparaître en bas de l'escalier, elle ne put retenir un cri de surprise. Effrayée, elle décida de rentrer chez elle sans aller à la réunion de la Foi des trois esprits, dit au revoir à la gardienne et remonta l'escalier. Sur le palier du premier, elle faillit heurter Iyota Tomiko qui descendait en compagnie d'une résidente du premier, une vendeuse de billets de loterie.

« Madame Kimura ! Quelle chance ! Venez donc avec nous ! La *miko* est venue vous prévenir, n'est-ce pas ? La réunion va bientôt commencer. »

Voilà comment Yoneko y assista finalement.

La petite entrée du logement d'Iyota Tomiko était remplie de socques en bois, de sandales et de chaussures.

« Entrez donc ! » l'encouragea-t-elle.

Les cinq ou six femmes qui entouraient un homme vêtu d'un costume croisé noir tournèrent d'un seul élan la tête vers les nouvelles arrivantes.

« Désolée de vous avoir fait attendre », continua Tomiko.

Malgré son embonpoint, elle se faufila pour rejoindre le coin où étaient empilés des coussins qu'elle tendit aux membres de l'assistance en les invitant à s'asseoir. Elle prit ensuite place à côté du fondateur.

Yoneko s'installa près de l'entrée, comme la résidente du premier arrivée en même temps qu'elle, et regarda l'homme à la dérobée, par-dessus l'épaule de la femme devant elle. Iyota Tomiko était en train de lui parler des deux dernières arrivées. Malgré ses cinquante ans, ses cheveux noirs brillaient comme s'ils étaient gominés. Le visage étroit, les traits énergiques, il parsemait ses propos de sourires aimables, mais lorsque ses yeux croisèrent ceux de Yoneko, elle baissa les siens en pensant qu'il avait un regard de serpent.

Elle reconnut plusieurs habitantes de la résidence, des femmes qu'elle saluait mais avec qui elle ne parlait pas. Certaines venaient de l'extérieur. La plupart étaient quadragénaires ou quinquagénaires et paraissaient fatiguées de la vie.

« Maître, je vous prie de commencer. Tout est prêt », fit soudain une voix extraordinairement grave, celle de la *miko*.

Le couvercle d'une espèce de coffre était ouvert. Yoneko comprit plus tard que c'était un magnétophone destiné à enregistrer les paroles des esprits, de manière qu'elles puissent être réécoutées et interprétées par le fondateur.

« Nous allons dialoguer avec le monde des esprits, mais avant cela, il y a une chose sur laquelle je veux attirer votre attention. Ce monde-là est plus terrifiant que vous ne l'imaginez, car les esprits s'y livrent une lutte féroce. Tant que je suis ici, vous n'avez rien à craindre, parce que j'ai la force nécessaire pour les contrôler. Mais si l'une de vous doute de leur existence, un mauvais esprit s'en apercevra et s'immiscera en elle. Si cela devait arriver pendant la révélation, ce serait terrible. Et je veux aussi que vous compreniez que dans le monde des esprits, l'imprévu est toujours possible. Je vous demande de me faire confiance, quoi qu'il arrive. » Il inspecta une nouvelle fois les visages de l'assistance, comme pour s'assurer de l'effet de ses paroles. « Madame Yatabe, venez ici ! »

Il accompagna cette demande d'un geste pour l'inviter à se déplacer au premier rang. Yoneko ne pouvait la voir, mais elle se trouvait quelque part sur sa gauche. Suwa se leva pour aller s'asseoir sur un autre coussin au centre de la pièce, tête basse, comme si elle redoutait ce qui allait arriver. La naine plaça une grosse chandelle sur un bougeoir qu'elle mit devant Yatabe Suwa, avant de s'adresser à la maîtresse de maison, Iyota Tomiko :

« Je vous en prie. »

Tomiko frotta une allumette, enflamma la chandelle, et éteignit la lumière. L'ambiance prit aussitôt un caractère sinistre. Au même moment, la porte derrière Yoneko s'ouvrit, et une bouffée d'air froid accompagna l'entrée de Yamafuji Haru, l'habitante du quatrième, dont les cheveux blancs étaient visibles dans la pénombre. Elle s'assit à côté de Yoneko.

« Donnez maintenant la main à vos voisines », ordonna d'un ton sévère le fondateur.

Une main tiède saisit celle de Yoneko à gauche. Elle comprit que c'était celle de Yamafuji Haru et l'accepta à contrecœur. Sa voisine de droite, l'habitante du premier arrivée en même temps qu'elle, lui tendit la sienne avec plus d'hésitation.

« Tout le monde ne se donne pas la main. Cela gêne les esprits. Dépêchez-vous », lança le fondateur d'un ton sans appel.

Yoneko se hâta de s'exécuter en cherchant celle de sa voisine de droite.

Sur sa gauche, Yamafuji Haru marmonnait d'une voix monocorde quelque chose qui ressemblait à un soutra. Yoneko se rendit compte que les autres marmonnaient également.

De plus en plus mal à l'aise, elle avait conscience d'une résistance gênante en elle. Elle perçut une odeur forte. Celle de l'encens qui brûlait.

« Yatabe Suwa, prosterne-toi pour accueillir la révélation. Confie-moi ton esprit. »

Le maître se leva et plaça une main sur la tête de Suwa, qui commença à parler par bribes difficilement audibles. Yoneko saisit à plusieurs reprises le mot « violon ».

Lorsqu'elle se tut, la naine habillée en *miko* se leva et poussa un cri aigu. Agitant les mains en l'air, elle se mit à danser comme si elle était en transe. Dans la lumière de la chandelle, on voyait ses bras bouger, et par instants son menton blanc entre ses longs cheveux qui cachaient son visage.

La main moite de Yamafuji Haru qui serrait celle de Yoneko lui transmettait de forts tremblements.

La naine retomba soudain sur les tatamis. Elle ne bougeait plus. Quelque chose qui ressemblait à de l'écume apparut au coin de sa bouche. Peut-être n'était-ce que de la salive. Son beau visage à moitié dissimulé par ses cheveux semblait déformé par la douleur. Son petit corps se convulsa, et un rire terrible jaillit d'elle, s'interrompant par moments, une vision qui ne pouvait qu'être qualifiée de grotesque. Le souffle coupé, Yoneko et sa voisine suivaient ce qui se passait sous leurs yeux.

« J'ai reçu une révélation. Lâchez-vous les mains. »

L'ordre donné par le fondateur résonna dans la pièce. Yoneko sortit un mouchoir de sa poche pour essuyer sa paume. Elle était soulagée et espérait que la lumière se rallumerait, ce qui ne se produisit pas. Il fallait qu'elle sorte ; elle se dirigea discrètement vers l'entrée et se mit à la recherche de ses chaussures. Pourvu que le maître ne me retienne pas de sa voix terrible, se dit-elle. Enfin elle poussa la porte du studio et retrouva avec plaisir l'air froid du couloir. La réunion de la Foi des trois esprits continuait de l'autre côté du mur. Elle revint dans son studio avec un sentiment de vide.

Que les femmes réunies dans le logement d'Iyota Tomiko au rez-de-chaussée trouvent un sens à leur vie en allant dans le monde des esprits lui paraissait incompréhensible.

Yoneko sortit un annuaire d'anciennes élèves et le regarda. Elle n'avait aucune envie d'écrire une lettre qui « ranimerait le passé ».

*

Yoneko ne fit presque rien pendant les deux jours qui suivirent. Elle sortit très peu de chez elle, de peur de croiser Iyota Tomiko, la représentante de la secte. Elle se força cependant à monter au quatrième pour passer devant la porte d'Ueda Chikako, même si elle n'espérait plus rien de ces tentatives.

Elle se préparait un croque-monsieur lorsque Iyota Tomiko poussa sa porte, le sourire aux lèvres.

« Ça sent bon chez vous ! Et le pain, c'est facile à digérer, dit-elle en se déchaussant avant d'entrer dans la pièce.

— Je suis désolée d'avoir dû partir avant la fin de la réunion. Je ne me sentais vraiment pas bien, s'excusa Yoneko en invitant la visiteuse à s'asseoir.

— Ne vous inquiétez pas pour ça. La première fois, c'est très étonnant de découvrir le monde des esprits, n'est-ce pas ? »

Iyota Tomiko inspecta la pièce des yeux sans gêne aucune, accepta le toast que lui offrait Yoneko et ajouta que les dernières révélations avaient été passionnantes.

« La *miko* a poussé un cri parce qu'un esprit s'était emparé d'elle, n'est-ce pas ? Moi, j'y ai entendu un sanglot. Mais quand il a écouté l'enregistrement pour l'interpréter, le fondateur a expliqué qu'en réalité, c'était le bruit des flammes. Lorsqu'il a dit à Mme Yatabe que l'objet qu'elle cherchait s'était consumé, l'esprit s'est emparé d'elle, et elle a été prise d'un tremblement incontrôlable. Ce qui en soi établit la justesse de la révélation. Et aujourd'hui, nous en avons eu la preuve. Moi non plus, je n'y croyais pas tout à fait, mais quand je l'ai vue, j'étais tellement contente que je me suis dit que je devais vous en parler. » Elle s'arrêta pour reprendre son souffle, se redressa et but une gorgée de thé vert. « Il y a un incinérateur dans la cour, n'est-ce pas ? Il va être démoli à cause des travaux, mais ce matin, l'ouvrier qui transportait les cendres y a trouvé un étui à violon, vous vous rendez compte ? Qui a bien pu le mettre là ? Comme il était tout au fond, il n'avait pas brûlé, mais la chaleur a déformé l'instrument à l'intérieur. La résine a presque disparu, la caisse s'est fendue. Le violon est irrécupérable, alors qu'il n'y en a plus que quelques exemplaires au monde ! La gardienne Tōjō a eu la présence d'esprit de demander à Mme Yatabe ce qu'elle pensait de l'instrument, et elle lui a répondu que c'était bien celui qui lui avait été volé. Vous vous souvenez qu'on avait retrouvé le passe-partout dans la serrure de son logement, à l'intérieur, n'est-ce pas ? Le vol a eu lieu à ce moment-là. La pauvre, elle a jeté un coup d'œil sur l'étui, elle a tout de suite compris et elle s'est mise à sangloter éperdument. Parce que c'était un instrument très précieux que son professeur lui avait donné autrefois. Les gens sont sans pitié. Ils ne voient pas plus loin que le bout de leur nez. Par contre, grâce aux révélations du monde mystérieux des esprits, le fondateur a découvert ce qui était arrivé au violon. Les paroles de leur monde peuvent être transmises par la *miko*. Mais pour les interpréter, il faut posséder de profondes connaissances. C'est le cas du fondateur. »

Iyota Tomiko croisa les bras, comme enivrée par sa longue déclaration, puis se leva comme si elle devait partir assister à une nouvelle séance.

« De plus en plus d'habitantes de la résidence souhaitent bénéficier de révélations, vous savez ! Mme Ueda, du quatrième, viendra à la prochaine réunion, à l'invitation de Mme Yamafuji. Elle aussi est une adepte fervente de la Foi des trois esprits. Nous avons décidé que chacune en parlerait à ses voisines. Même si les relations de voisinage ne sont pas toujours simples ! »

Puis elle quitta le studio, après lui avoir confié qu'elle allait voir une autre adepte du deuxième.

Apprendre qu'Ueda Chikako participerait peut-être à la prochaine séance redonna du courage à Yoneko. Ueda Chikako espérait une révélation. Si Yoneko assistait à cette séance, peut-être apprendrait-elle quelque chose. Cela prendrait peut-être du temps, mais c'était une méthode infaillible et sans risques, contrairement à l'utilisation du passe-partout.

Cependant, le sort voulut qu'en revenant des bains publics le même soir, juste avant 23 heures – heure de fermeture du bâtiment – elle remarque une chose étrange en passant devant les boîtes aux lettres. Une petite plaque en bois était accrochée à chacune, mentionnant d'un côté « présent », de l'autre « absent ». Les caractères étaient si vieux qu'ils étaient presque illisibles. Sans doute ces plaques étaient-elles devenues inutiles car, d'après la quasi-totalité des cent et quelques boîtes aux lettres, toutes les résidentes étaient chez elles. Yoneko elle-même ne se servait jamais de la sienne. Bien sûr, elle vérifiait quotidiennement son courrier, mais elle ne regardait jamais les plaques des autres, devenues à ses yeux une partie du décor. Ce soir-là, celle d'Ueda Chikako était retournée, pour indiquer son absence, détail qui lui sembla étrange, sans qu'elle y accorde spécialement d'importance. Lorsqu'elle sortit le lendemain matin, elle poussa un cri d'étonnement : l'étiquette indiquait maintenant qu'Ueda Chikako était chez elle.

Peut-être attendait-elle une visite ? Peut-être avait-elle coutume d'agir ainsi ? Parce qu'elle avait longtemps vécu isolée, Yoneko savait à quel point une telle habitude destinée à autrui était fragile. Le deuxième jour, on retourne l'étiquette avec une joie débordante. Au bout de deux semaines, le doute a remplacé la joie, au bout de deux mois, l'inertie s'installe, et au bout de deux ans, on arrête parce qu'on se fait pitié.

Yoneko n'arrivait pas à penser que Chikako continuait à se servir de la petite plaque en bois uniquement par habitude. Non, si elle le faisait encore, c'était parce qu'elle attendait quelqu'un.

Mais peut-être Chikako, qui passait sa vie enfermée chez elle, avait-elle une bonne raison d'être dehors à l'heure où la résidence fermait pour la nuit ?

Elle ne tarda pas à la découvrir, grâce aux explications de la gardienne Tamura. À l'en croire, Ueda Chikako quittait son logement une à deux fois par semaine pour se rendre dans un magasin de confection féminine situé à une quinzaine de minutes à pied, afin de chercher les travaux de broderie qu'elle effectuait chez elle.

« Et elle laisse toujours sa clé dans la boîte aux lettres. Pour éviter que quelqu'un qui lui rendrait visite pendant son absence ne puisse entrer chez elle. C'est ce qu'elle dit, mais ça fait des années que personne n'est venu la voir… Je pense vraiment qu'elle n'a plus toute sa tête. »

En l'entendant, Yoneko se dit qu'elle aurait dû parler plus tôt de Chikako à la gardienne. Elle ne pouvait s'en prendre qu'à elle-même. Elle regretta le mal qu'elle s'était donné pour se procurer le passe-partout ; d'un autre côté, il aurait été presque impossible de prendre la clé dans la boîte aux lettres d'Ueda Chikako à l'insu des gardiennes.

La gardienne Tōjō, qui était dans la loge au moment où elle avait pris le précieux sésame, n'avait jamais semblé nourrir le moindre soupçon à son égard. Après avoir testé la clé dans toutes les serrures selon l'idée de la présidente, on avait abandonné les recherches. Pendant quelque temps encore, Yoneko pourrait utiliser le passe-partout à sa guise.

Elle cessa de rôder dans le couloir du quatrième et décida de se concentrer sur la plaque de la boîte aux lettres en descendant dans l'entrée aux alentours de 23 heures.

Au soir du troisième jour, l'étiquette en bois de la boîte d'Ueda Chikako était retournée.

Non loin de l'entrée de la résidence, elle observa le trou des fondations creusées pour le déplacement du bâtiment, dont les travaux continuaient nuit et jour. Un convoyeur à bande transportait la terre noire et meuble qui venait de sous le bâtiment. Quand elle vit Ueda Chikako sortir soudain de la résidence, elle rentra immédiatement. La petite plaque en bois de la boîte aux lettres de Chikako tremblait un peu. Yoneko remonta chez elle, au troisième, s'équipa d'une lampe de poche, d'une feuille de papier et d'un crayon. Elle s'exhorta à garder son calme quoi qu'il arrive. En se conduisant comme si tout était normal, elle ferait illusion. Il faut tirer parti de cette absence, s'encouragea-t-elle en montant l'escalier.

Dans le couloir du quatrième, elle vit une résidente en robe de chambre entrer dans la salle de bains commune, une brosse à dents à la main. Elle continua d'un pas décidé jusqu'à la porte d'Ueda Chikako et introduisit le passe-partout dans la serrure. Personne ne la regardait. C'est facile, se dit-elle. Elle referma la porte derrière elle, alluma sa lampe de poche et regarda sa montre. Il était 22 h 40. Elle resterait dix minutes. Cela devrait suffire pour inspecter les lieux, même si elle ne savait pas comment procéder. Elle projeta le mince faisceau de sa lampe sur les murs, dans l'espoir de voir un carnet ou un journal intime, et aperçut une armoire et une commode en paulownia. Elle décida de vérifier ce que contenaient les tiroirs. Il y avait au milieu de la pièce une petite table basse, recouverte d'un torchon blanc qui dissimulait, d'après la forme, un couvert dressé. Elle en souleva un coin et découvrit un bol retourné, d'une taille qui lui fit penser qu'il était destiné à un homme, un étui à baguettes, une assiette vide et une boîte de saumon en conserve, avec un ouvre-boîte à côté. L'étui contenait une paire de grandes baguettes en laque noire.

Elle frissonna soudain, ressentant une peur inexplicable. Le linge recouvrait aussi un coffre à riz, vide, comme elle s'y attendait. Quand on vit seul, on finit toujours par parler tout haut, comme si quelqu'un vous entendait. C'est pareil, se dit-elle. Si Ueda Chikako met toujours le couvert, ce doit être comme un rite pour expier sa solitude, pensa-t-elle. Mais c'était aussi nécessairement une imitation de la réalité. Elle en conclut qu'Ueda Chikako dressait depuis des années la table pour un homme dont elle attendait le retour. Certaine à présent que celui qui était un jour parti de cette pièce n'était pas encore revenu, elle reposa le torchon comme elle l'avait trouvé.

La lampe de poche dans la main gauche, elle tourna son attention vers la commode. L'un des deux petits tiroirs était rempli de reçus, et l'autre fermé à clé. Le forcer aurait été dangereux. Elle devait utiliser au mieux le temps dont elle disposait. Un bureau avec des étagères chargées de livres était placé près de la fenêtre. Il s'agissait de vieux manuels scolaires d'école primaire. Il y avait aussi des cahiers couverts de poussière, ceux d'anciens élèves.

Elle remarqua sur le bureau un autre cahier, plus récent. « Requiem », lut-elle sur la couverture. Elle en tourna les pages et vit sur les deux premières deux courts poèmes d'un célèbre auteur étranger qu'elle reconnut. Celui de la troisième, intitulé «À l'enfant enterré le 29 mars» n'était pas signé. La date, comme les mots, avait un sens pour elle.

À l'enfant enterré le 29 mars

Nous t'avons enterré
Au fond d'un lac asséché
Pour toujours te regretter

Mais le fond du lac
Était fêlé
Et le bruit de tes sanglots
Parfois
En monte…

Jamais le ciel n'a fait
Tomber sur le lac asséché
Sa pluie bienfaisante
Pour recueillir les larmes
De ta mère au cœur brisé

L'enfant dont parlait le poème ne pouvait qu'être George, le fils de Kawauchi Ayako qui avait été enlevé, pensa immédiatement Yoneko. Elle recommença à tourner les pages, mais les autres étaient vierges. Elle relut le poème afin de s'en souvenir, nota sur la feuille de papier qu'elle avait apporté : «À l'enfant enterré le 29 mars», et referma le cahier. Elle n'avait plus rien à voir ici. Elle éteignit sa lampe et ferma les yeux. Le bruit monotone des travaux montait jusqu'au quatrième. Il lui fallait rentrer chez elle pour réfléchir calmement à ses découvertes.

Elle ralluma la lampe de poche dont le faisceau posa un petit cercle sur le mot « requiem » en couverture du cahier. Lorsqu'elle tourna la torche vers la porte, la fenêtre fut éclairée l'espace d'un instant. Deux faisceaux se croisèrent, mais elle ne s'y arrêta pas, car elle ne pensait qu'à quitter les lieux.

Quelques jours plus tard, elle se dit que ce rayon de lumière qui avait croisé le faisceau de sa lampe de poche ressemblait à ce qui se produit lorsqu'un enfant oriente un miroir vers le soleil pour aveugler quelqu'un. Mais elle ne comprit pas ce que cela signifiait.

Elle entrouvrit la porte du studio de Chikako et jeta un coup d'œil dehors. Quelqu'un se dirigeait vers l'escalier en parlant. Comme elle se trouvait dans l'avant-dernier appartement du couloir, elle n'avait qu'un côté à surveiller. Elle sortit et verrouilla la porte, malgré son envie de prendre ses jambes à son cou.

Elle marcha d'un pas posé jusqu'à l'escalier et s'arrêta pour jeter un coup d'œil en arrière. Une porte au bout du couloir se referma vivement, et elle crut apercevoir un visage encadré de cheveux blancs. Tout alla si vite qu'elle ne put déterminer de quelle porte il s'agissait, ou si même sa vision était réelle. L'idée que le visage apparu dans l'entrebâillement était celui de Yamafuji Haru se grava dans sa mémoire.

*

La conclusion que Kimura Yoneko tira de sa visite dans le logement d'Ueda Chikako était que son occupante attendait le retour d'un homme. Cette attente ne correspondait plus à la réalité et durait depuis si longtemps qu'elle relevait du rêve. Ueda Chikako répétait jour après jour ce qu'elle avait fait la veille, mais il n'y avait pas plus de vie dans ce comportement que dans la mue desséchée d'une cigale. Cette attente permettait de supposer que Chikako avait connu autrefois un quotidien plus heureux, mais ne révélait rien de son présent. Yoneko revit la table basse recouverte d'un linge. Chikako attendait chaque soir le retour d'un homme. Yoneko, elle, avait désiré goûter à un tel quotidien, mais n'en avait jamais eu l'occasion. Elle s'approcha de la lampe et commença à écrire un rapport destiné à Kawauchi Ayako.

Chaque fois qu'Ueda Chikako quitte la résidence, elle retourne la petite plaque en bois de sa boîte aux lettres, celle qui est faite pour indiquer la présence ou l'absence des résidentes, et dont plus personne ou presque ne se sert aujourd'hui,

Elle laisse la clé de son appartement à l'intérieur de sa boîte aux lettres. Sur la table basse, le couvert est mis pour une personne, avec un bol à riz de grande taille, comme ceux destinés aux hommes. Dans la boîte à baguettes il y a une paire en laque noire, elles aussi de la taille réservée aux hommes.

Ce que je pense, c'est que quand elle était encore institutrice, une période de sa vie a été consacrée à attendre chaque soir un homme pour le dîner.

Quelque chose a dû se produire, et cet homme n'est pas rentré. Mais pour elle, admettre qu'il ne reviendra pas, c'est sans doute le déclarer mort. Sinon, pourquoi l'attendre ainsi, jour après jour, année après année ? Je n'ai jamais entendu dire qu'elle ait reçu un homme chez elle depuis qu'elle n'est plus institutrice. Elle sort très peu et passe son temps enfermée dans son studio.

Autrement dit, depuis cinq ou six ans, elle attend son retour et met chaque soir le couvert pour lui. Quelqu'un de normal qui attendrait si longtemps se dirait : « Il ne viendra plus » et admettrait la réalité. Mais cette idée lui est probablement insupportable. J'ai entendu parler de personnes qui, dans une telle situation, avaient perdu la raison et n'arrivaient plus à admettre les réalités qui ne leur convenaient pas. Ne pensez-vous pas que c'est le cas d'Ueda Chikako ?

Je suis certaine qu'il y a eu dans sa vie un homme qui avait cette importance pour elle. J'ignore s'il a été mêlé à l'enlèvement de George. Mais si l'on suppose qu'Ueda Chikako a un lien avec cette affaire, ne pouvons-nous pas penser que c'est à travers cet homme ? Il faut continuer à chercher.

Arrivée là, elle reposa son pinceau. Ce que son intrusion de la veille lui avait rapporté de plus précieux était certainement le poème intitulé « À l'enfant enterré le 29 mars ». Mais Yoneko ne parvenait pas à aborder ce sujet dans sa lettre. Pouvait-elle laisser entendre à la mère qu'était Ayako que son enfant était mort ? Si c'était vrai, il fallait retarder cette annonce le plus longtemps possible. Ou peut-être même ne pas en parler du tout. La vie quotidienne d'Ayako était fondée sur l'espoir que son enfant était vivant. Pouvait-elle l'en priver ? Par ailleurs, même si cet homme était impliqué dans l'enlèvement, Chikako elle-même n'était en rien coupable. Elle aimait cet homme, cela ne faisait aucun doute ; des années après avoir été trahie, elle continuait à l'attendre. Cette attente la maintenait en vie. Pouvait-on priver ces deux femmes de leur raison de vivre ? Yoneko avait envie de cesser d'enquêter sur les autres.

Elle s'était lancée dans cette affaire sans réfléchir, mais maintenant qu'il apparaissait qu'Ueda Chikako avait un lien avec l'enlèvement, ce qu'elle était en train de faire l'effrayait.

La lettre qu'elle envoya à Ayako ne mentionnait pas le poème.

Pendant quelque temps, elle fut hantée par la vision d'Ueda Chikako qui, après avoir passé la journée seule à broder, mettait chaque soir le couvert pour un homme qui ne viendrait pas. Chacun d'entre nous est le jouet d'une illusion, se disait Yoneko. C'était vrai d'Ueda Chikako comme de Kawauchi Ayako. Mais ce n'était pas vrai d'elle. Quand elle se penchait sur son passé, elle ressentait un vide glaçant. Le vide qui pesait implacablement sur elle depuis qu'elle avait pris sa retraite.

Durant cette période, Iyota Tomiko vint deux ou trois fois l'inviter à participer à une réunion de la Foi des trois esprits, mais elle déclina systématiquement. Elle ne craignait pas d'y croiser Ueda Chikako, mais elle craignait peut-être d'être confrontée à la vérité.

Ce n'est que trois semaines plus tard, au printemps, que la tentation d'accepter une invitation de la Foi des trois esprits lui vint.

Kawauchi Ayako avait répondu à sa dernière lettre en lui disant qu'elle aimerait en savoir plus sur l'homme qu'attendait chaque jour Ueda Chikako, et Yoneko ne lui avait pas répondu. Mais le « miracle » de Yatabe Suwa avait réactivé sa curiosité pour les réunions de la secte.

Il y avait en effet eu un miracle fin mars. D'après Iyota Tomiko, très peu d'adeptes étaient présentes ce soir-là, mais l'âme d'un violoniste étranger mort une quinzaine d'années auparavant, un certain André Daule, s'était soudain emparée de la *miko*, et il avait annoncé à travers elle qu'il offrait son célèbre instrument à Yatabe Suwa. Lorsque le fondateur avait ouvert l'étui du violon apporté par Suwa – celui qui avait été retrouvé à l'intérieur de l'incinérateur –, le Guarnerius était apparu.

« C'est un miracle ! Il a suffi que le fondateur touche ce violon pour qu'il reprenne sa forme originelle ! Et ce qui est plus stupéfiant encore, c'est que le doigt paralysé de Yatabe Suwa, que n'avait pu guérir aucun des médecins qu'elle avait consultés, s'est remis à bouger. Le fondateur est extraordinaire ! »

Iyota Tomiko avait raconté tout cela en postillonnant abondamment. Yoneko ne crut pas au miracle du violon – la pénombre avait sans doute trompé les spectateurs – mais elle ne pouvait pas nier celui du doigt. La rumeur de ces prodiges se répandit et, début avril, des journalistes vinrent enquêter dans la résidence K. Il ne passait pas un jour sans que l'immeuble bruisse de nouvelles révélations : une résidente avait retrouvé un objet perdu depuis longtemps, les parents d'une autre avaient eu un accident comme prédit… Lorsque Iyota Tomiko lui apprit que lors de la prochaine réunion, il y aurait une révélation sur la personne que cherchait Ueda Chikako, la curiosité de Yoneko l'emporta.

Le fondateur serait-il capable de deviner la situation actuelle de l'homme qu'attendait Chikako ? Et comment réagirait-elle ? Yoneko voulait le voir de ses yeux.

— Vous croyez que je pourrais assister à la prochaine réunion ? demanda-t-elle.

Iyota Tomiko venait de lui expliquer que l'affluence était si forte ces derniers temps qu'il était impossible d'accueillir tous ceux qui souhaitaient venir, mais elle accéda à la demande de Yoneko. Si grande était la popularité des révélations que pour en recevoir une, il fallait désormais s'engager à assister à un minimum de quatre réunions et faire une offrande supérieure à mille yens.

Elle sortit de chez elle une demi-heure avant l'heure fixée. Sept ou huit personnes l'avaient précédée chez Iyota Tomiko. Ni le fondateur, ni la *miko*, ni Ueda Chikako n'étaient encore là. L'hôtesse lui offrit un coussin pour qu'elle puisse s'asseoir au deuxième rang, à côté d'une femme élégante d'une quarantaine d'années qui ne vivait pas dans la résidence. Les personnes présentes ne tarissaient pas d'éloges sur les révélations et les bienfaits qu'elles apportaient. Chaque histoire attirait des commentaires enthousiastes. Yoneko eut l'impression que cela renforçait les attentes des participantes.

Un peu avant 20 heures arrivèrent le fondateur, vêtu de son habituel costume croisé noir, et la jeune femme habillée en *miko*. Des courbettes et des soupirs les accueillirent, une femme âgée alla jusqu'à se prosterner en le voyant. Il prit place en face de l'assistance et demanda à la femme d'âge mûr assise devant lui si ses relations avec son mari étaient meilleures, question qui déclencha quelques rires. Yoneko y perçut un désir de séduire et de s'attirer les bonnes grâces de ces femmes, et cela lui déplut. Il continua à bavarder avec les habituées avant de les prier de faire un peu de place aux personnes qui allaient recevoir des révélations. La *miko* alluma alors la chandelle et le plafonnier s'éteignit.

Ueda Chikako était entrée un instant avant en compagnie de Yamafuji Haru, que Yoneko n'avait pas vue depuis quelque temps. La femme aux cheveux blancs s'assit trop loin pour qu'elle puisse l'observer. L'autre jour, elle était également arrivée après l'extinction de la lumière. Ueda Chikako, quant à elle, fut invitée à s'asseoir au milieu.

Yoneko, qui la voyait de près pour la première fois, pouvait la regarder sans gêne grâce à la pénombre. De profil, à la lueur de la bougie, elle paraissait jeune ; elle devait cependant avoir une quarantaine d'années. Les joues rebondies, des mèches folles sur le front, elle était très jolie. Yoneko s'imagina qu'elle avait cessé de vieillir.

Comme l'autre jour, le fondateur leur intima d'un ton ferme de se donner la main.

C'est vraiment du cinéma, se dit-elle en saisissant celle que son élégante voisine lui tendait, un peu hésitante. D'une voix assurée, Ueda Chikako annonça le nom de l'homme qu'elle cherchait et sa date de naissance.

Yoneko essaya immédiatement de calculer son âge, non sans difficulté car il était né pendant l'année charnière entre les ères Taishō et Shōwa. Mais même avec une marge d'erreur, cela signifiait qu'il n'avait pas encore quarante ans ; au moment de l'enlèvement, sept ans plus tôt, il en avait sans doute moins de trente. L'ancienne institutrice avait-elle aimé un homme beaucoup plus jeune qu'elle ? Kawauchi Ayako avait épousé un homme de quinze ans son aîné, pensa-t-elle aussitôt. Ces deux femmes qui cherchaient le bonheur avaient trouvé le malheur. Pourquoi tant de gens étaient-ils si malheureux en amour ? Pendant qu'elle se perdait dans ces réflexions incohérentes, la *miko* avait commencé à être prise par les mouvements violents qui annonçaient l'arrivée d'un esprit.

La suite devait se graver dans l'esprit de Yoneko. La *miko* tomba soudain sur le dos, roula sur elle-même, geignit, et prononça ensuite des paroles inintelligibles. Peu à peu, Yoneko commença à distinguer des mots qui formèrent bientôt des phrases. Les paroles qui continuaient à couler de sa bouche devinrent une déclaration : « Je souffre. Je ne vois plus rien. Je suis enfermé dans une valise carrée, dure. L'homme me transporte dans un trou. Il y a quelqu'un d'autre. Une femme. Elle ouvre le couvercle de la valise et me regarde. J'entends un bruit, comme si on mélangeait du ciment. J'étouffe. Je ne vois rien. On m'enterre dans le noir. Maman ! Maman ! » C'était à peu près ce que Yoneko saisit.

Le fondateur se leva et posa sa main sur la tête de la *miko*.

« Arrête ! Ce n'est pas le bon esprit. Va-t'en, mauvais esprit !

— C'est terrible ! Il y a un mauvais esprit qui gêne… », lâcha d'une voix tremblante une femme de la rangée devant celle de Yoneko.

La *miko* s'immobilisa, les yeux révulsés.

« Allumez la lumière », ordonna le fondateur à Iyota Tomiko qui paraissait terrifiée.

Elle finit par s'exécuter. De profonds soupirs montèrent, les membres de l'assistance se redressèrent et changèrent de position. Le fondateur prononça à nouveau le nom d'Ueda Chikako.

Elle ne répondit pas. Ce n'est qu'à cet instant que Yoneko vit qu'elle était pâle comme un linge, presque inanimée. La bouche ouverte, elle fixait des yeux un point dans le vide. Iyota Tomiko lui massait les épaules.

« Madame Ueda, madame Ueda ! » lança-t-elle.

À cet instant, Chikako eut un violent soubresaut. Les sourcils froncés, elle chassa les mains de Tomiko. Yoneko quitta immédiatement les lieux. Elle ne dut pas être la seule à penser que Chikako paraissait avoir perdu la raison. Le lendemain, elle apprit que jusqu'au matin, celle-ci n'avait laissé personne la toucher. Yamafuji Haru avait déjà disparu au moment où Yoneko était partie. Peut-être était-elle sortie avant même que la lumière revienne.

En montant l'escalier jusqu'au troisième, Yoneko tenta de comprendre la violence de la réaction d'Ueda Chikako. Était-elle due au fait que l'esprit qui avait dit qu'il était enterré et souffrait était celui de l'homme qu'elle cherchait ? Elle n'avait pas envie de le croire car elle faisait le lien avec le poème « À l'enfant enterré le 29 mars », qu'elle avait lu dans le studio. La *miko* n'aurait-elle pas plutôt prononcé les mots de cet enfant ? Cela expliquerait ses propos, l'attitude de Chikako, et le commentaire du fondateur annonçant que ce n'était pas le bon esprit qui s'exprimait.

Penser ainsi, se dit Yoneko, revenait à admettre l'existence de l'enfant enterré. Et cela, c'était admettre que la mort de George était une quasi-certitude.

Ce qu'avait entendu Yoneko dans les paroles de la *miko*, c'était la plainte déchirante d'un enfant réel, et ce qu'elle avait vu, au lieu de la répugnante desservante qui se tordait de douleur, c'était l'enfant se débattant dans la valise qui se remplissait de ciment.

En ouvrant sa porte, elle pensa qu'elle devait en dire plus à Kawauchi Ayako.

Elle commença immédiatement une lettre, où elle décrivait la révélation et commentait le poème lu dans le studio d'Ueda Chikako. Elle concluait en exprimant le souhait qu'Ayako elle-même détermine ce qu'il convenait de faire, avant d'ajouter qu'il serait peut-être nécessaire de faire appel à la police.

Une fois la lettre achevée, le doute l'envahit. Était-il possible que les esprits des morts puissent s'exprimer ainsi ? Elle ne pouvait nier ni le fait qu'un enfant ait emprunté la bouche de la *miko* pour parler, ni la réaction d'Ueda Chikako.

*

L'après-midi du dernier dimanche d'avril, Yoneko écrivait une lettre lorsqu'elle reçut la visite de Kawauchi Ayako.

Cette dernière avait mis un kimono pour venir chez son ancienne professeure, qu'elle n'avait pas vue depuis douze ans. Son visage était émacié. Yoneko regretta à nouveau de lui avoir annoncé par courrier la mort de George.

Ayako expliqua qu'elle était en voyage à Hiroshima lorsque la lettre était arrivée chez ses parents.

« George a été kidnappé à la fin du mois de mars, il y a exactement sept ans. L'employée d'un service social pour l'enfance, à Hiroshima, m'avait dit qu'un métis de son âge venait d'arriver… J'y suis allée en me disant que peut-être… Mais ce n'était pas lui. J'ai trouvé votre lettre à mon retour hier. »

Elle s'interrompit pour se tamponner les yeux avec son mouchoir.

Yoneko tentait de la rassurer, mais ses mots de réconfort sonnaient creux à ses propres oreilles.

Bien sûr, il n'y avait aucune preuve qu'Ueda Chikako ait été mêlée à l'enlèvement. Rien n'établissait que les mots sortis de la bouche de la *miko* étaient ceux de George. Ueda Chikako y avait réagi. C'était tout. Mais rien ne prouvait non plus qu'il ne s'agissait pas de George. La *miko* avait-elle parlé sous l'influence d'une force surnaturelle, ou savait-elle qu'un enfant avait été enterré ainsi ?

Enfin, il y avait ce poème, chez Ueda Chikako, « À l'enfant enterré le 29 mars ». Yoneko avait choisi de cacher cette date à Ayako, parce qu'elle n'en connaissait que trop la signification.

George avait été enlevé un 27 mars. Le poème parlait du 29 mars, sans préciser l'année. Cela aurait pu être l'an passé, ou dix ans avant. C'était là le seul élément sur lequel s'appuyer pour ne pas conclure aussitôt qu'il s'agissait de George.

« Si la mort de George était une certitude, je pourrais oublier le passé et commencer une nouvelle vie. »

Ayako baissa la tête et serra le mouchoir blanc dans ses belles mains à la peau transparente. En la voyant ainsi, Yoneko se dit qu'elle avait sous les yeux une mère en habits de deuil.

Ce soir-là, Ayako dormit chez elle.

Elles bavardèrent très tard. Leur conversation porta un peu sur les anciennes camarades de classe d'Ayako, mais surtout sur George. En écoutant son ancienne élève, Yoneko comprit qu'elle avait passé les sept ans qui s'étaient écoulés depuis l'enlèvement à ne penser qu'à son fils, et elle ressentit de la haine pour ce mari reparti aux États-Unis en laissant sa femme seule. Cependant, comment ne pas comprendre aussi cet Américain fuyant cette femme entièrement tournée vers le passé, qui ne vivait que pour son enfant disparu ?

« Dans la salle d'attente, George a d'abord regardé une bande dessinée. Quand son tour est arrivé, il a laissé le livre ouvert et est entré dans le cabinet du dentiste. Lorsqu'il en est sorti, une dame américaine d'âge mûr arrivée après nous avait pris le livre pour le lire. J'ai failli lui demander de le rendre à mon fils, mais je n'ai pas osé. S'il avait pu continuer sa lecture, George serait peut-être resté dans la salle d'attente… Parfois, c'est ce que je pense et, dans ces moments-là, je ressens de la haine pour cette femme blanche. »

Ayako se tut et rit tristement. À cet instant, Yoneko avait déjà pris sa décision : elle devait aider son ancienne élève rongée par l'inquiétude à admettre la mort de George.

Il s'agissait maintenant d'obtenir les aveux d'Ueda Chikako, par n'importe quel moyen. Il serait difficile de la faire parler : elle avait été traumatisée par la réunion de la Foi des trois esprits. Yoneko devrait inventer un stratagème, et réussir à l'imposer.

Le lendemain, Kawauchi Ayako rentra chez elle et Yoneko passa la journée à réfléchir.

La gardienne Tōjō l'interpella au moment où elle s'apprêtait à sortir pour aller faire des courses, en fin d'après-midi.

« Hier, vous avez oublié de remplir le registre des personnes reçues pour la nuit ! » Elle avait beau sourire, sa remarque restait une critique. « Vous pourriez l'indiquer ici, s'il vous plaît ? ajouta-t-elle en lui montrant un espace vierge sur une page du registre, d'un papier d'excellente qualité. Ça peut paraître désuet, mais c'est la tradition depuis si longtemps… Ce registre couvre les dix années depuis la fin de la guerre, et je pense qu'il nous servira encore quatre ou cinq ans ! »

Une idée vint à Yoneko pendant qu'elle écrivait le nom de Kawauchi Yoneko, une amie, précisa-t-elle sur le registre. Elle se mit à tourner les pages.

Comme elle s'y attendait, celles de 1951 mentionnaient la visiteuse d'Ueda Chikako. Ce qu'elle lut l'étonna tellement qu'elle ne sortit de sa sidération que lorsque la gardienne lui adressa la parole. Elle avait sous les yeux la preuve d'un lien entre Ueda Chikako et l'enlèvement de George.

Du 29 mars au 1er avril 1951, Ueda Chikako avait reçu sa cousine, Aomoto Yasuyo, trente ans, sans profession. George ayant été enlevé le 27 mars, la cousine l'avait peut-être emmené ici ?

« Ah, cette cousine d'Ueda Chikako était venue avec un petit garçon qui devait avoir quatre ans, non ? Je m'en souviens. Il doit être grand aujourd'hui, dit-elle à la gardienne qui prit un air pensif.

— Non, sa cousine est venue seule, il me semble », répondit-elle en la regardant droit dans les yeux.

Ce soir-là, assise à sa table, Yoneko réfléchit à tout ce qui était arrivé depuis qu'elle avait reçu la première lettre de Kawauchi Ayako, et à ce qu'elle avait découvert aujourd'hui dans le registre des invités. Elle nota sur une feuille de papier à lettres ce qui lui paraissait important :

1. *Ueda Chikako a pu apprendre des choses sur George en lisant la rédaction d'un de ses élèves.*
2. *Depuis plusieurs années, Ueda Chikako met chaque soir le couvert pour un homme qu'elle attend.*
3. *Ueda Chikako sait qu'un enfant a été enterré, et elle est probablement impliquée. Raison a. Le poème dans son studio. Raison b. Sa réaction aux paroles de la* miko.
4. *Quarante-huit heures après le 27 mars 1951, jour de l'enlèvement de George, Ueda Chikako a reçu sa cousine chez elle.*

Elle essaya ensuite de donner un sens à ces éléments disparates en supposant que l'homme qu'attendait Ueda Chikako était le ravisseur. En effet, si la « cousine » hébergée était un homme, le puzzle s'assemblait parfaitement. Jusqu'à présent, elle n'avait pas envisagé cette possibilité, sans doute parce qu'à ses yeux, aucun homme ne pouvait être hébergé dans la résidence K, réservée aux femmes célibataires. Cet a priori l'avait induite en erreur.

Par stratégie, ou par désespoir, le ravisseur s'était déguisé en femme et avait trouvé ici un refuge sûr en se faisant passer pour la cousine d'Ueda Chikako. Cette hypothèse la remplit d'une angoisse indéfinissable. Elle était en train de démêler toute l'affaire ! Elle imaginait ce que le ravisseur avait fait. George était-il vivant lorsque celui-ci s'était présenté à la loge déguisé en femme ? Les enfants de quatre ans sont remuants, il l'avait sans doute caché dans un sac à dos ou dans une valise… après l'avoir tué. D'après ce qu'avait dit la *miko*, il avait été transporté dans une valise. Mais où avait-il été enterré ? Sans doute à l'intérieur de la résidence. Dans la cour, ou peut-être sous l'incinérateur. Les conjectures de Yoneko s'arrêtèrent soudain. L'implication d'Ueda Chikako dans l'enlèvement de George était solidement établie.

Ueda Chikako attendait un homme depuis des années. Elle l'attendait parce qu'elle et lui s'étaient fait une promesse. Le ravisseur en avait fait une autre au commandant Craft, le père de George. Qu'il n'avait pas tenue. Ueda Chikako et le commandant avaient été trahis par le même homme. Yoneko avait l'impression qu'une lumière s'allumait dans son esprit. Comme si elle voyait soudain la scène. Non, Ueda Chikako et le commandant Craft n'avaient pas été trahis par cet homme. Ce dernier avait eu un accident qui l'avait empêché de tenir ses promesses. Oui, c'était certainement cela ! Yoneko essaya de s'imaginer ce qui avait pu arriver, mais elle ne parvint à rien. Elle regarda sa pendule et vit qu'il était plus de 2 heures du matin. Le sifflet d'une locomotive à vapeur retentit au loin. À cet instant, elle fut convaincue que l'homme qu'attendait Ueda Chikako était bien le ravisseur.

Il lui fallait maintenant trouver où était enterré l'enfant.

Elle se coucha et éteignit sa lampe. Tout en fixant l'obscurité, elle continua à réfléchir. Comment la *miko* connaissait-elle le secret ? Yoneko ne croyait pas à la puissance surnaturelle de la nouvelle religion de la Foi des trois esprits. Et si les mots sortis de la bouche de la *miko* étaient vraiment ceux de George, il n'aurait pas dit « maman » en japonais, mais autre chose. Kawauchi Ayako lui avait dit que son fils l'appelait « mommy ».

Yoneko avait peur. Non pas du monde des esprits ou d'une force surnaturelle, mais du dessein qu'elle percevait derrière tout ce qui s'était produit. Quelqu'un tirait les ficelles de cette histoire. Mais qui ? L'obscurité s'épaissit plus encore et porta une ombre sinistre sur son cœur.

*

Le brouillard dense apparu une heure plus tôt recouvrait à présent la ville, mais la nuit n'était pas froide. Le réseau d'ampoules qui entourait le bâtiment n'éclairait pas à plus de quatre mètres, atteignant à peine le trou profond creusé pour les travaux.

Au loin, les lumières de la ville disparaissaient progressivement dans le voile qui s'étendait.

Depuis sa fenêtre, Yoneko contemplait ce paysage. Ces deux dernières semaines, elle avait fait plusieurs tentatives, toutes vaines, pour obtenir de Chikako qu'elle lui révèle où l'enfant était enterré. Elle l'avait appelée de l'extérieur. Debout dans une cabine téléphonique, elle avait attendu, un mouchoir sur la bouche, que son interlocutrice descende du quatrième au rez-de-chaussée pour lui répondre, des minutes comme elle n'en avait encore jamais vécues, extraordinairement pénibles. Le combiné lui avait transmis le bruit des pas sur le sol de béton du couloir, et elle n'avait eu aucun mal à imaginer Chikako marchant vers le téléphone. Elle avait ensuite entendu sa respiration à l'autre bout du fil et déclaré, d'une voix étouffée par le mouchoir :

« Je sais que l'enfant a été enterré ! Dites-moi où ! Dans quel endroit de la résidence ? »

Sa correspondante était restée silencieuse. Puis elle avait perçu un choc contre le combiné, et l'écho de la voix de la gardienne Tamura qui appelait Chikako.

Les jours avaient passé. Les préparatifs du déplacement de l'immeuble étaient presque achevés. L'incinérateur et la petite serre avaient été démolis, la terre déblayée, mais personne n'avait rien découvert de suspect. Parfois, en regardant fonctionner le convoyeur à bande, elle sursautait, car il lui semblait avoir distingué des ossements et perçu une odeur de chair en décomposition. Une fois la terre sous le bâtiment dégagée, le montage des gros rails avait commencé. L'angoisse l'assaillait par moments à l'idée qu'il n'était peut-être pas vrai qu'un enfant avait été enterré ici. Le récit de la *miko* comme le poème de Chikako n'étaient peut-être que les produits d'hallucinations que d'autres gens avaient eues ? Cependant, certaine que l'enfant était enterré ici, elle restait accrochée au scénario dans lequel Ueda Chikako attendait depuis des années l'homme habillé en femme qu'elle avait hébergé. Elle tenait désespérément à cette chimère qui voulait qu'un enfant dorme pour l'éternité quelque part sous le bâtiment. Le soir, avant de trouver le sommeil, elle imaginait la valise qui apparaîtrait une fois l'immeuble déplacé. Une valise à l'intérieur de laquelle continuait à vivre, en bonne santé, le fils de Kawauchi Ayako.

Cette vision l'avait aidée à trouver un nouveau moyen d'interroger Ueda Chikako : dès que le bâtiment aurait été déplacé, elle irait frapper à sa porte et lui annoncerait que l'enfant enterré avait été trouvé. Ce stratagème devait lui permettre d'avancer dans sa quête, mais pour qu'il fonctionne, il fallait mettre Chikako en condition. Pendant une semaine, chaque soir, Yoneko était allée glisser sous sa porte le même message : « Le déplacement de la résidence fera apparaître le passé caché dans son sous-sol. L'enfant que vous y avez enterré va ressusciter. »

Mais une rumeur s'était ensuite répandue : un miracle devait se produire à l'instant même où la résidence serait déplacée. Lors d'une autre réunion de la nouvelle religion, il y avait eu une révélation, on affirmait qu'un enfant enlevé sept ans auparavant allait être découvert. Yoneko avait eu le sentiment d'être manipulée par quelqu'un qui anticipait chacun de ses mouvements et savait tout de ses machinations. Certaine que derrière cette révélation de la Foi des trois esprits se cachait le dessein d'une personne bien vivante, elle attendait le jour du déplacement avec un mélange d'effroi et d'excitation, comme au poker avant que soit abattue la carte décisive.

Il ne restait plus que deux jours avant le déplacement du bâtiment. Les préparatifs étaient terminés, les ouvriers ne travaillaient plus que pendant la journée, et le silence dans la cour plongée dans le brouillard était semblable à celui de la mort.

Une pendule sonna. Vingt-trois heures. Yoneko quitta la fenêtre et sortit pour aller glisser un nouveau message sous la porte d'Ueda Chikako. Au moment où elle entrait dans le couloir, elle entendit des pas dans l'escalier. Grâce au brassard de surveillance qu'elle portait, elle n'avait pas besoin de se cacher. Une fois au troisième, elle aperçut Yatabe Suwa qui montait vers le quatrième et qui la salua, l'air gêné, avant de continuer à gravir les marches qui menaient à la terrasse du toit d'un pas pressé. Elle paraît bien sombre, pour quelqu'un qui a bénéficié d'un miracle, pensa Yoneko en se demandant ce que la musicienne pouvait aller faire sur le toit à cette heure-ci. Enfin, elle arriva devant la porte de Chikako, sous laquelle elle glissa son nouveau message. Comme les autres jours, aucun bruit ne parvenait de l'intérieur.

Elle regagnait l'escalier lorsqu'elle crut percevoir ce qui ressemblait à un cri. Mais c'était peut-être le miaulement d'un chat, ou la voix d'un ivrogne dehors. Le silence revint, plus profond encore. Puis monta le son grêle d'un violon. Elle eut l'impression qu'il venait du toit. La tessiture tremblante propre à cet instrument retentit dans la profondeur de la nuit. Au moment où Yoneko montait les marches, le son se fit plus fort, avant de disparaître.

Il faisait sombre sur le toit. La porte était ouverte sur une vague blancheur qui semblait se prolonger à l'infini.

« Madame Yatabe ! »

Elle n'eut pas de réponse et ne vit personne. Elle fit quelques pas sur la terrasse et cria encore une fois, un peu plus fort : « Madame Yatabe ! »

La seule chose visible était le garde-fou dont la noirceur semblait souligner l'indifférence. Au loin, une voiture freina bruyamment. Yoneko ressentit une frayeur indicible. Elle se figea et resta quelques instants sur place dans cette ambiance lugubre.

Le lendemain matin, elle apprit de la bouche des résidentes effarées que Yatabe Suwa s'était suicidée en se jetant du toit.

Elle était morte en laissant son Guarnerius sur la terrasse. Son corps s'était enfoncé dans un tas de terre.

Lorsqu'elle l'avait croisée la veille, Yatabe Suwa courait vers sa mort, se dit Yoneko. Cela expliquait le violon qu'elle avait entendu, et le fait qu'elle n'avait vu personne sur le toit. Yatabe Suwa avait voulu jouer une dernière fois, mais elle s'était interrompue de peur que quelqu'un ne vienne la déranger. L'idée que cette violoniste ait préféré la mort à la tristesse de la vieillesse affligeait Yoneko. Elle ne doutait pas du suicide lui-même, mais un point était mystérieux à ses yeux : il lui semblait que Suwa n'avait rien à la main quand elle l'avait croisée dans l'escalier.

*

Le vent violent qui soufflait le jour du déplacement du bâtiment faisait danser des particules de terre et de poussière dans les couloirs et les logements.

La mort de Yatabe Suwa, deux jours plus tôt, avait ému les résidentes, surtout celles de sa génération, mais dès le matin, l'imminence du déplacement avait effacé leurs autres préoccupations. Depuis une semaine, ces femmes vieillissantes se réjouissaient de faire enfin le test du verre d'eau. Certaines avaient même parié des paquets de bonbons. Yoneko ne s'en était pas mêlée. Tôt le matin, elle était passée une dernière fois devant la porte d'Ueda Chikako. Puis elle était rentrée chez elle attendre le grand moment.

Elle réfléchissait. Si Ueda Chikako révélait l'endroit où l'enfant était enterré, que faudrait-il faire ? Informer Kawauchi Ayako, lui demander d'aller voir la police, sans doute. Et le corps, où pouvait-il bien se trouver ? Pas sous les dalles de la cour, ni sous l'incinérateur : toute la terre avait été excavée. Mais peut-être à l'intérieur du bâtiment, dans un mur, ou sous un plancher, puisqu'on avait parlé de ciment versé dans une valise... Si Chikako avouait, Yoneko demanderait aux ouvriers de creuser. Et lorsqu'elle serait certaine que l'enfant était vraiment enterré, elle téléphonerait à la police.

Mais dès qu'elle se représentait Chikako quittant la résidence encadrée par deux policiers, son humeur s'assombrissait. L'idée d'avoir ce pouvoir de changer la vie d'une autre, de rendre public un secret qui ne la concernait en rien, lui déplaisait. Elle avait commencé à écrire ces lettres pour lutter contre la vacuité de son quotidien après sa retraite, et cela l'avait amenée à enquêter sur le passé d'autrui. Fallait-il qu'elle soit responsable d'un emprisonnement ? Ueda Chikako, qui chaque soir depuis sept ans attendait en vain un homme, avait déjà été amplement châtiée. Fallait-il vraiment qu'elle soit exposée au regard impitoyable du monde ? L'enfant ne réapparaîtrait pas vivant. Yoneko songea aux longues semaines qu'elle avait passées enfermée chez elle, lorsque son départ à la retraite l'avait plongée dans le désespoir. À quoi avait-elle pensé en contemplant ses quatre murs froids ? À sa vie de vieille fille, passée à courir après son quotidien ? Tout à coup, elle se demanda si elle ne s'était pas lancée dans cette traque éperdue d'Ueda Chikako parce qu'elle était jalouse de sa vie – Chikako, elle, avait connu l'amour. Cette hypothèse la vida de sa force. Elle leva les yeux vers la pendule de sa commode en ressentant une solitude écrasante. Midi moins cinq. Elle se leva pour aller chez Ueda Chikako.

Il régnait un silence étrange dans l'escalier et les couloirs déserts.

Lorsqu'elle arriva devant la porte de Chikako, la sirène de midi commençait à sonner. Le bâtiment a dû commencer à bouger, se dit-elle. Elle regarda par la fenêtre et ne vit que le ciel bas.

Elle tourna la poignée. La porte était fermée à clé. Yoneko sortit de sa poche le passe-partout et ouvrit : l'occupante était allongée sur sa table basse, inconsciente, près d'un verre d'eau renversé et de comprimés blancs éparpillés.

C'était la réponse d'Ueda Chikako. Yoneko se posa une question. Avait-elle choisi la mort pour reconnaître qu'elle avait enterré l'enfant, ou pour clamer son innocence ? Impossible qu'elle l'ait fait sans qu'il y ait une raison. Elle reconnaissait donc avoir enterré l'enfant. Mais elle avait emporté pour l'éternité le secret de l'endroit où il se trouvait… Des gouttes de sueur perlèrent à son front. Elle se sentait mal. Il fallait absolument qu'elle le découvre. Elle fit à nouveau le tour de la pièce des yeux. La morte n'avait pas laissé de lettre d'adieu. Yoneko devrait trouver seule l'endroit. Elle s'exhorta au sang-froid. L'enfant a été enterré, cela ne fait aucun doute, pensa-t-elle. Donc le poème devait contenir la vérité à ce sujet.

Elle hocha la tête. Un plan commençait à se former dans son esprit.

Une voix intérieure lui criait que ce ne pouvait qu'être le bain collectif. Un lac asséché, un fond fêlé, comment ne pas penser à la grande baignoire du sous-sol ? Sept ans auparavant, il y avait là des sacs de ciment, abandonnés après des travaux entrepris pendant la guerre. Puis tout avait été rangé, et l'ancienne salle de bains collective avait été transformée en un débarras. Yoneko quitta le studio et partit en courant vers le sous-sol. Elle briserait elle-même le fond de la grande baignoire. En cet instant, elle n'était plus une enseignante à la retraite, mais une femme habitée par sa certitude, qui venait de retourner la dernière carte manquant à son jeu.

Après son départ, quelqu'un entrouvrit la porte d'Ueda Chikako et vit l'occupante allongée sur sa table basse et le verre d'eau renversé.

Le passe-partout était resté dans la serrure.

8

Quelques mois après le déplacement du bâtiment

Les notes de la gardienne Tōjō

L'idée de coucher par écrit les derniers événements de la résidence K m'est probablement venue pendant ces trente minutes où nous attendions que la résidence se déplace.

Nous subissions toutes ce retard insupportable. Les yeux fixés sur le verre d'eau rempli à ras bord posé sur le bureau couvert de poussière, j'ai éprouvé un sentiment très particulier, qui oscillait entre la colère et l'envie de rire. Mon exaspération n'était pas dirigée contre une personne ou une chose spécifique, mais contre le hasard qui avait voulu que soit modifié le déroulement des opérations. Le hasard, qui n'hésite pas à trahir les plannings soigneusement élaborés par les êtres humains et conduit, avec une complète indifférence, à des situations insensées.

Cela m'est insupportable, parce que j'ai l'impression que la grandeur de l'âme humaine est piétinée. Ce que l'être humain a décidé en conscience est nécessairement important, même lorsque le résultat qui en découle paraît ridicule.

Les journaux, la radio et les magazines ayant largement commenté ce qui est arrivé, j'imagine que personne ne l'ignore.

Pour résumer l'affaire en quelques mots, une des habitantes de la résidence K, une enseignante à la retraite dont l'unique plaisir était d'écrire des lettres à ses anciennes élèves, a provoqué un esclandre : elle prétendait que le cadavre d'un enfant enlevé il y a sept ans et jamais retrouvé – fils d'une de ses élèves qui avait épousé un étranger – était enterré sous la grande baignoire. On a fini par casser le fond et, en effet, on a retrouvé un cadavre d'enfant. Mais ce n'était pas celui du garçon qui avait été kidnappé. C'était l'enfant difforme d'une autre résidente, qui l'avait tué et enterré là parce qu'elle ne pouvait continuer à le soigner.

Cette femme s'est suicidée ; la vieille enseignante a été interrogée par la police pour avoir utilisé illégalement le passe-partout. La nouvelle religion, qui était sur le point de devenir célèbre parce qu'elle accomplissait des miracles, a été dénoncée comme une escroquerie après les révélations au sujet de cet enfant enterré. La presse a fait son miel de cette histoire.

Je ne veux pas mettre en cause ce qui a été publié. La rumeur, les faits colportés par les ménagères qui se croisent dans la rue ou les hommes qui bavardent dans le train correspondent à la vérité. Mais cette vérité n'est qu'une façade. Ce que je veux coucher par écrit, c'est le dessein qui a structuré cette histoire.

*

Mon récit ne sera pas long.

Il commence il y a trente ans. Une jeune fille, qui a quitté à dix-huit ans sa campagne pour devenir bonne dans la famille d'un pasteur chrétien à Kobe, est embauchée comme gardienne dans la résidence féminine K parce qu'à l'âge de vingt-cinq ans, le sort cruel ne lui a pas permis de trouver un mari. Elle passe ses journées dans la loge où, après avoir regardé chaque matin les résidentes de son âge quitter gaiement la résidence avec l'ambition de gagner une nouvelle place dans la société, elle dévore les livres qu'elle cache sur ses genoux. Ils contiennent la vie entière : l'amour, l'ambition, les succès et les échecs, et même la mort et la haine...

La position assise a fini par lui voûter le dos, mais la lecture nourrit continuellement son esprit. Et soudain, elle se rend compte qu'elle a quarante ans.

Sa collègue, plus âgée – une vieille femme qui travaillait à la résidence K depuis sa création – meurt subitement à la même époque. La plus jeune se charge de débarrasser les affaires de la défunte, qui était sans famille. À cette occasion, elle découvre que sa collègue a utilisé le double du passe-partout – dont il n'existait en principe qu'un exemplaire – pour aller chez les résidentes à leur insu. Ces visites secrètes sont devenues le seul plaisir de sa vie. Quelques années plus tard, l'autre gardienne se rend compte qu'elle a succombé au même vice, dont elle ne peut plus se passer.

Elle est cependant beaucoup plus circonspecte que sa défunte collègue, et plus réfléchie. Elle se casse la jambe en glissant dans l'escalier ; une fois remise, elle fait semblant de boiter et prend une canne pour persuader les autres de son infirmité.

La chance joue aussi en sa faveur lorsque la gardienne embauchée pour remplacer l'ancienne s'avère une brave femme qui a tendance à somnoler pendant ses heures de travail.

Pour garantir sa sécurité et pouvoir se déplacer librement dans toute la résidence, elle imagine un second artifice : devenir l'occupante d'un autre logement que celui dont elle dispose en tant que gardienne. Les années ayant passé, il reste moins de la moitié des résidentes originelles. Elle se fabrique une autre identité et choisit sous ce faux nom un studio dont les voisines sont discrètes. Les gardiennes étant responsables des formalités d'entrée, cela ne lui pose aucune difficulté. La résidence K, qui avait été saisie pendant la guerre en tant que bien appartenant à l'ennemi, fut attribuée après celle-ci à un organisme de bienfaisance, et la gardienne paie un loyer du même montant que pendant les années quarante.

Au fil des ans, elle découvre ainsi les secrets de chacun des logements. Les concrétions laissées par la vie des résidentes dans ces studios ont une densité inattendue. Mais les connaissances sur la vie qu'elle a acquises grâce à ses lectures l'ont armée pour les affronter.

Un soir, dans l'ancienne salle de bains du sous-sol, elle voit deux femmes enterrer une grosse valise en cuir brun au fond de la grande baignoire. Il s'agit d'une résidente du quatrième étage et, selon le registre des invitées, de sa cousine. L'enlèvement d'un enfant métis fait alors couler beaucoup d'encre dans la presse. La gardienne à l'esprit vif tire de ce qu'elle a vu sa propre conclusion, qu'elle garde pour elle.

Un an auparavant, son frère cadet, avec qui elle n'avait plus de relations, a surgi dans sa loge à l'improviste. Il vient de créer une nouvelle religion douteuse, avec la collaboration d'une *miko*, qui est naine. Quand il lui explique avoir étudié le spiritisme aux États-Unis, elle ne le croit pas, car il a échoué dans tout ce qu'il a entrepris. Ses mésaventures ont creusé de profondes rides sur son front, où brillaient autrefois les ambitions de la jeunesse. Il lui inspire de la tristesse, mais aussi de l'amour fraternel.

Un peu plus tard, pour aider ce frère, elle a l'idée de tirer parti des secrets des habitantes de la résidence qu'elle avait jusqu'alors gardés pour elle. Peut-être est-ce ce qu'on appelle « se laisser tenter par le diable ».

*

Le lecteur aura sans doute deviné que cette gardienne, c'est moi.

Les actes contraires à l'éthique de ma profession ou, si l'on préfère les appeler ainsi, les crimes que j'ai commis étaient motivés par l'amour, l'amour fraternel. Le lecteur heureux en famille ne pourra comprendre le désir qu'éprouve une personne qui, après avoir vécu des décennies dans la solitude, découvre par hasard un objet pour son amour, et ce désir de tout lui offrir, quand bien même cet objet n'en vaut pas la peine. Tout ce que je voulais, c'était aider mon frère.

Je ne crois pas plus au surnaturel qu'aux esprits. Je ne me sens pas coupable d'avoir mis en scène ces miracles : à mes yeux, j'ai seulement assuré très efficacement une excellente publicité à mon frère.

La gardienne Tamura et le violon de Yatabe Suwa n'étaient pour moi qu'une introduction avant l'événement capital :

un enfant enlevé sept ans plus tôt serait découvert dans l'ancienne salle de bains de la résidence K, comme l'avait prédit le fondateur de la nouvelle religion. Ce serait sensationnel.

Pour plus de crédibilité, il fallait que l'enfant soit découvert par quelqu'un d'extérieur à la secte. Quelqu'un qui croie être autonome, mais qui agisse en réalité selon mon désir. Cette personne, je l'ai aiguillée sur la bonne piste, et lorsqu'elle s'est heurtée à des obstacles, je les ai écartés de son chemin. Je connaissais les secrets de toutes les résidentes et je pouvais prévoir toutes leurs réactions.

Dans le cas de la gardienne Tamura par exemple, il m'a suffi de dire à mon frère d'appeler la résidence en demandant Munakata Toyoko. J'ai été plus triste qu'amusée en voyant le mal qu'a eu la brave Tamura à essayer de dissimuler le contenu de la conversation. Et je me suis dit qu'elle ne tarderait pas à utiliser le passe-partout pour entrer chez cette résidente. Ce que je n'avais pas prévu, c'était qu'elle ne le rapporterait pas à la loge, mais le laisserait dans la serrure d'Ishiyama Noriko. (Ma collègue Tamura ne se faisait aucun souci à mon sujet, car elle croyait que j'étais partie aux bains publics. En réalité, je la guettais à sa sortie du logement de Munakata Toyoko.)

Mon but étant d'instiller l'angoisse en rendant manifeste l'usage illégal du passe-partout, j'ai réussi à tirer parti des événements. Mais j'ai dû dépenser beaucoup d'énergie pour qu'Ishiyama Noriko s'en serve. Il a fallu qu'elle trouve le vieil article de journal qui parlait du vol du Guarnerius – celui que j'avais récupéré chez mon ancienne collègue –, puis j'ai dû inventer un étranger fictif, et mettre une annonce sur le tableau d'informations de la loge. Mais tous ces efforts se sont révélés inutiles. Le dépôt par Ishiyama Noriko de l'instrument dans les cendres de l'incinérateur a eu une répercussion bénéfique et inattendue, le miracle du violon (il va sans dire que j'avais ouvert le fermoir de l'étui du Guarnerius de Yatabe Suwa, et que je l'avais remplacé par un violon sans valeur acheté chez un brocanteur). Mais cela a eu des conséquences malheureuses.

Après avoir entendu de la bouche de la *miko* les paroles d'André Daule qui lui donnait officiellement le violon, Yatabe Suwa, dont le doigt paralysé s'est remis à bouger, a vraiment cru à un miracle. Mais lorsque le fondateur lui a ordonné de se livrer à la police – pour assurer la publicité du miracle – et de rendre le violon au fils d'André Daule, son expression a changé, et elle a montré qu'elle doutait de nous en déclarant : « André Daule n'a pas eu d'enfant. C'est vous qui avez écrit la lettre que j'ai reçue. » C'est pour cela que nous avons dû la faire tomber du toit de la résidence. Quand je dis « nous », je veux dire la *miko* et Yamafuji Haru. Autrement dit, moi, qui me suis dissimulée sous cette identité pour m'installer dans le studio voisin de celui d'Ueda Chikako quand il s'était libéré. C'était bien pratique pour apprendre des choses sur elle. Pendant cinq ans, j'ai porté une perruque, et j'ai passé du temps là-bas. Le soir, j'espionnais ma voisine dans sa chambre grâce au rétroviseur de voiture fixé à ma canne. Ainsi, je l'ai vue sortir chaque soir un carton d'un tiroir de sa commode et en contempler le contenu. Le tiroir était fermé à clé, et elle prenait toujours la clé avec elle quand elle sortait. J'étais persuadée qu'il s'agissait des trois cent mille yens de la rançon. Mais non : le carton contenait un formulaire de mariage entièrement rempli. Seul manquait un sceau pour l'enregistrer à la mairie. La bêtise féminine m'avait trompée : je ne pouvais pas imaginer qu'une femme se recueille chaque soir devant la déclaration de mariage signée par l'homme qui l'avait trahie.

La *miko* aimait mon frère. Elle a convoqué Yatabe Suwa sur le toit en lui promettant de lui donner le Guarnerius. Après avoir précipité Suwa dans le vide, nous avons abandonné l'instrument sur place, et nous sommes descendues sans prendre l'escalier, grâce une perche en bambou que nous avions fixée à la fenêtre du logement de Yamafuji Haru en choisissant la plus grosse de celles qui servent à étendre le linge sur le toit, que j'ai remise ensuite à sa place. Ainsi, personne ne pouvait soupçonner notre présence. La violoniste a poussé un cri, mais nous l'avons couvert avec le magnétophone que nous avions préparé pour le dissimuler et faire comme si Yatabe Suwa avait voulu jouer une dernière fois.

Mais même ce meurtre imprévu, et l'imprévu est ce que je déteste le plus (dans le cas de Munakata Toyoko, je voulais corriger cette femme puérile et arrogante, je savais que sa fenêtre basculante sur le couloir était cassée, car elle était venue la veille à la loge pour s'en plaindre, et j'ai donc fermé le gaz de l'extérieur), n'était rien comparé à mon échec final.

J'avais fait semblant de ne pas remarquer que Kimura Yoneko avait substitué sa clé au passe-partout, et je me réjouissais intérieurement de voir que tout allait se passer comme je l'avais prévu. À la différence des autres résidentes, cette femme est plutôt intelligente et n'est pas dépourvue de bon sens. Il m'était donc plus facile d'anticiper ce qu'elle allait faire. Je lui ai offert tout ce que je savais sur Ueda Chikako. J'ai laissé dans le logement de cette dernière le poème que j'avais écrit, j'ai fait raconter par la *miko* ce que j'avais vu dans la cave, et j'ai attiré son attention sur le registre des invitées… Quand je l'ai vue progresser graduellement dans son enquête à partir de mes suggestions, j'ai ressenti le même plaisir qu'un metteur en scène voyant sa pièce prendre vie.

Dans son cas, ce qui m'a le plus servi pour qu'elle interprète le premier rôle, c'est le jeune Kurokawa.

Après avoir assisté à l'enterrement de l'enfant dans la cave, j'ai passé beaucoup de temps, assise à mon bureau dans la loge, à réfléchir au moyen de créer un lien entre le petit George qui avait été enlevé, et Ueda Chikako. J'ai envisagé plusieurs scénarios, mais ils étaient tous invraisemblables. Je me suis procuré tous les journaux, tous les magazines qui avaient évoqué cette affaire. Enfin, j'ai lu un article où la femme de ménage du commandant D. Craft racontait que son fils jouait souvent avec le petit George. J'avais besoin de quelque chose qui établisse un lien indirect entre Ueda Chikako et George. Quand j'ai lu cet article, je me suis dit : et si l'enfant de cette femme de ménage était un élève de l'école où enseignait Ueda Chikako ? Et même son élève ? Il aurait pu parler de George à sa maîtresse ? Non, le mieux serait qu'il ait écrit une rédaction sur lui, et que cette rédaction soit arrivée aux yeux du ravisseur. Cela me paraissait très convaincant, car ce serait la preuve d'un lien entre Ueda Chikako et l'enfant.

Avec mon frère et la *miko*, nous avons préparé le terrain pour révéler qu'un enfant était enterré dans la salle de bains du sous-sol, notamment en élaborant un planning pour coordonner les révélations avec l'avancement des travaux. La première étape a été d'engager un détective privé pour nous renseigner sur Kawauchi Ayako. Mon frère est doué pour ce genre de choses. C'est ainsi que nous avons appris qu'elle continuait à aller quotidiennement se promener près de la maison où elle vivait avant l'enlèvement. Dès que je l'ai su, j'ai décidé d'inventer le jeune Kurokawa.

Lorsque j'ai vu que Kawauchi Ayako était une des prochaines destinataires des lettres que Kimura Yoneko adressait à ses anciens élèves, mon frère a convaincu un étudiant – contre une rétribution de mille yens – de faire croire à Kawauchi Ayako qu'il avait écrit une rédaction où il parlait de George.

Je me disais que grâce à l'invention de ce nouveau personnage, je pourrais créer un lien entre Ueda Chikako et Kimura Yoneko, malgré la distance qui les séparait, et les manipuler à mon gré, à la manière d'un metteur en scène qui se sert d'une scène tournante.

Quand j'y pense à présent, j'ai l'impression d'avoir commencé à entrevoir ce scénario, qui était d'abord lacunaire, dès l'enlèvement du petit George, et non après le retour de mon frère dans ma vie.

Il y a sept ans, j'avais entendu Kimura Yoneko dire d'une voix émue, alors qu'elle lisait un article sur ce fait divers, que la mère de cet enfant était une de ses anciennes élèves. Je crois que c'est à ce moment-là que j'ai conçu ce schéma qui les liait toutes les trois, Kimura Yoneko, Kawauchi Ayako et Ueda Chikako.

Mais je n'ai jamais imaginé que la conclusion à laquelle j'étais parvenue avec tant de peine, après toutes ces années passées dans cette loge sinistre, me trahirait.

Un dénouement que ni Kimura Yoneko ni moi n'avions prévu nous attendait. Une fois que les ouvriers du chantier eurent creusé un trou dans la salle de bains du sous-sol, la police est arrivée. Il a fallu attendre une semaine les conclusions du médecin légiste, et j'ai découvert la réalité cruelle, atroce, qui était très loin de ce que j'étais si fière d'avoir deviné. Chaque fois que j'y pense, je suis tellement en colère que j'ai l'impression que mon cerveau va imploser. N'importe qui aurait pourtant déduit la même chose que moi, non ? Alors qu'il ne s'agissait en réalité que de hasards, de coïncidences ! Kimura Yoneko et moi avions bâti une forteresse sur du sable !

La presse ayant largement glosé sur l'enfant né de l'union d'Ueda Chikako et de cet homme, notamment sa difformité, inutile d'aborder ce sujet ici. La simple idée que cet enfant était celui de Chikako me révolte au point que j'ai l'impression que du sang va jaillir de mon cœur.

La seule chose que j'aimerais savoir maintenant, c'est ce qu'est devenu cet enfant qui a été enlevé. Je suis prête à tout perdre pour ça. Même si je n'ai plus rien à perdre... Mon frère est reparti. Je ne vois plus Ueda Chikako quand je regarde dans le miroir du rétroviseur depuis le logement de Yamafuji Haru. Ce monde n'est-il que vanité des vanités, un enchaînement de hasards ?

Dieu existe. Est-ce Lui qui a remplacé par un autre le cadavre de George enterré sous la grande baignoire du sous-sol ? J'aimerais qu'il en soit ainsi. Cela me soulagerait. Je vais probablement continuer à y songer, assise dans la loge, année après année, sans personne à qui parler, n'ayant que l'écriture pour m'occuper.

Je pense chaque jour à ce qu'a pu devenir cet enfant enlevé, mais je n'ai aucun moyen de connaître la vérité. C'est probablement ainsi que l'on se laisse gagner par la folie.

ÉPILOGUE

Confortablement installé sur une chaise longue dans le jardin d'une belle villa de la banlieue de Los Angeles, l'ancien commandant D. Craft remarqua un petit article sur le Japon dans le journal qu'il feuilletait en fumant sa pipe en épi de maïs. Il leva les yeux de la page et observa l'unique nuage qui flottait dans le ciel bleu en pensant à la jeune Japonaise. Avec tristesse, comme toujours.

Pourtant, pendant la guerre, certains ont fait bien pire que moi, se dit-il. Je n'avais pas le choix. L'épouse dont j'étais séparé depuis longtemps est soudain venue me trouver au Japon parce qu'elle voulait que nous reprenions notre vie commune. Elle était riche. Moi, je devais penser à ce que je ferais après l'armée. Je ne comptais pas rester indéfiniment dans ce pays. Je voulais avoir une vie stable. En échange de sa richesse, ma femme a exigé mon enfant. Étais-je prêt à abandonner la jeune Japonaise en le lui enlevant ? De plus, je m'étais marié avec elle et je vivais dans la crainte que ma bigamie soit découverte.

Je suis allé chercher George sur le parking de l'hôpital, je l'ai emmené à l'aéroport et je l'ai confié à ma femme pour qu'il prenne l'avion avec elle pour les États-Unis le soir même. Il pleurnichait quand je l'ai quitté. Je suis rentré chez moi, décidé à tout expliquer à la jeune Japonaise. Mais quand je l'ai vue, j'en ai été incapable. Je me suis résigné à aller voir la police. Au moment où j'ouvrais la porte de la maison, le téléphone a sonné. J'ai répondu. C'était un ami de mon club qui m'invitait à une partie de poker. La jeune Japonaise me regardait, l'air angoissé. L'idée diabolique de prétendre qu'il s'agissait d'un enlèvement m'est passée par la tête. J'ai dit «*all right*», et j'ai raccroché. Je lui ai raconté que l'appel venait du ravisseur qui m'avait interdit de prévenir la police. Pour qu'elle y croie, j'ai même passé des annonces dans les journaux, mais c'était une erreur, car un journaliste japonais les a remarquées, et l'affaire a fait beaucoup plus de bruit que ce que j'avais prévu. Je n'en ai pas démordu, j'avais donné ma parole au ravisseur, et il ne fallait rien dire pour que l'enfant vive. J'attendais que ça passe. Un an plus tard, j'ai divorcé sans problème et je suis revenu aux États-Unis.

Il tira sur sa pipe, songeur.

Une petite fille arriva alors en pleurant de la rue. «George a été méchant avec moi», criait-elle. Ensuite apparut George, accompagné d'un enseignant qui le tenait fermement par le cou.

L'ancien commandant Craft quitta à contrecœur sa chaise longue. Aujourd'hui encore, il allait devoir corriger son fils.

Table

Composition : Utibi.
Achevé d'imprimer par Grafica Veneta S.p.A.
à Trebaseleghe (Pd), en janvier 2023.
Dépôt légal : février 2023.

ISBN 978-2-207-16495-2 / Imprimé en Italie.

431423